Pour Uli

Tu me regardes.

Jusqu'ici, tu me voyais. J'étais un élément, une présence parmi d'autres du décor de ta vie.

Mais voilà que tes yeux se posent sur les miens autrement.

Ce matin, surprise : tu me regardes. Cette fois tes yeux me considèrent. Ils semblent mesurer le poids de mes propres yeux, posés sur les tiens, avec la même application, la même persistance.

Il ne s'agit pas encore, sans doute, d'un véritable échange, plutôt d'une disposition commune et simultanée. Une coïncidence. Nous partageons ce mouvement du corps qu'on appelle regard, unies dans la contemplation de l'autre, et c'est la première fois.

Je suis seule à savoir que je suis ta grand-mère et toi ma petite-fille. D'en être sûre m'emplit d'un ravissement que tu ne mesures pas encore.

Envie pressante de t'y associer au plus tôt.

Nous avons chacune notre place.

Je me dis : Je suis la mère de ton père et toi l'enfant de l'enfant, mais toi et moi ignorons encore comment nous l'occuperons, cette place, jusqu'à quel degré de connivence et d'invention. Car il nous faudra l'inventer, comme des milliards et des milliards d'humains qui avant nous l'ont vécue, la vivent, la vivront, cette posture universelle et cependant unique de notre relation. Faire de ce lien quelque chose de différent. S'employer à le rendre singulier. Je souris à cette idée. Joie contenue. Et toujours sur mes yeux tes yeux arrêtés, grands ouverts, comme s'ils suivaient secrètement ma pensée, mais en réalité, bien sûr, occupés ailleurs.

Ailleurs… Où donc ? À quoi ?

Envie pressante d'y être associée, au plus tôt, à cet ailleurs.

Allons. Surtout pas d'impatience. Prendre le temps, au contraire. Non. Ne pas le « prendre », justement. Le laisser libre, le temps. Je me dis : Ne le bouscule pas à vouloir le hâter ou le ralentir. Laisse-le te porter.

Devant ce berceau où l'enfant de l'enfant me regarde, je me dis : J'aimerais faire de ce temps affranchi mon guide.

Mon guide ?

Longtemps je t'ai attendue.

Qui sait si je ne t'attends pas, d'ailleurs, depuis mon premier cri, comme si j'avais deviné qu'un jour tu puisses y répondre, en écho, comme si j'avais toujours espéré, un peu follement, retrouver par toi un peu de ce que j'oublierai forcément de moi-même.

Car j'ai oublié, bien sûr. Oublié l'essentiel ? Désappris ?

Ma tête ne m'autorise pas à faire revenir l'avant. L'avant-mémoire. Elle me l'interdit, d'une certaine façon. Elle l'occulte, le refoulement aidant. La grâce ne nous est pas donnée de nous souvenir de ce qui précède le souvenir. Trésors enfouis. Perdus à jamais ?

Notre mémoire semble impuissante à se faufiler jusqu'à eux, à les sortir de leur écrin de vérité première, d'intime savoir.

Faudra-t-il renoncer pour toujours à les retrouver, les plus archaïques sensations du corps, ces traces les plus reculées de nos pensées, ces lointains lambeaux de conscience enfantine ?

Je peine à y consentir. Davantage encore aujourd'hui car il y a de l'urgence, quand le temps s'accélère, à le retenir, à le traquer précisément là où il s'est dérobé jusqu'ici.

Une urgence que ton arrivée a exacerbée et pour laquelle je t'ai en quelque sorte choisie, vois-tu, petite fille, avec une conviction qui dépasse nos propres personnes, peut-être.

Car j'ai toujours imaginé que seul un autre soi-même pouvait nous mener vers ces contrées intangibles, cette patrie oubliée, primitive, de la toute petite enfance. Et voilà qu'au premier regard échangé… Intuition : et si c'était toi ?

L'enfant de l'enfant n'est-il pas un autre soi-même possible ?

Si cela était, alors il se pourrait bien que, sans t'en douter, tu conduises mes pas sur le chemin du rebours et qu'au pays retrouvé des surprises, au pays des merveilles, j'apprenne à devenir aussi Alice.

Elle est donc venue. Venue au monde.

Le même mois que son père et presque le même jour, aux bourgeons nouveaux, augures, comme pour lui, du renouveau des choses.

C'est à toi, ma mère, que j'en dois le récit, toi la grand-mère de mon enfant, l'arrière-grand-mère d'aujourd'hui, toi la sage-femme qui sais ce que naître veut dire et ne la vivras pas, cette naissance-là…

Elle a choisi l'aube, la petite fille, après une nuit qui m'a fait bourlinguer entre espace et temps, entre découvertes et reconnaissances.

«Venir au monde»… Quelle meilleure expression pour dire le moment inouï du passage, de ce franchissement lent, extrême et cependant tranquille, où sa mère, m'a-t-on dit, bellement l'a poussée depuis l'obscurité tiède, feutrée, du dedans jusqu'à l'éblouissement du dehors où son père l'attendait, tout palpitant ?

Un événement qui à lui seul se qualifie d'« heureux ». Un avènement aussi car longtemps désiré, espéré. Une arrivée tant de fois pressentie, anticipée, qu'elle survient comme une déflagration pour qui, au plus proche, l'apprend enfin.

« Mettre au monde », y « venir », mots familiers à ma mémoire de fille éduquée, bien sûr, à les concevoir très tôt, techniquement et affectivement, comme un acte si simple mais si prodigieux à la fois qu'il en devenait sacré.

Sacrée pour moi, donc, fut cette nuit qui précéda l'aube où vint l'enfant.

Tu me connais : le rituel s'imposa.

Dans une vasque d'eau claire, posées délicatement, les petites bougies flottantes en forme de poissons égrenèrent les heures. Une à une scintillèrent, une à une s'éteignirent sur la table de nuit, accompagnant d'une clarté dansante le cheminement de l'enfant, que j'imaginais depuis ma chambre, cette même chambre où, une nuit de décembre, il y a six ans – six ans déjà ! –, j'avais suivi, par la pensée aussi, ta sortie du monde, ta mort choisie, ta propre délivrance, mais non plus comme alors recroquevillée d'effroi sur ma douleur pour la contenir, mais à l'inverse, cette fois, le corps renversé d'allégresse en travers du lit qui semblait dilaté, infini, chaque parcelle de ma chair flottant, légère, bercée, moi aussi poisson de cire aux lueurs de fête.

Et je t'ai conviée à la joie, toi, ma mère.

La main de mon enfant est la main d'un homme.

Pas uniquement parce que le voilà père mais parce que toi, petite fille, son enfant à peine née, tu tiens presque entière dedans.

Dans le creux de sa main, ta jolie tête nacrée posée sur le coussin de son poignet à la confluence des veines bleutées qui font battre plus fort le cœur, ainsi ton père te présente, endormie.

Il tend fièrement vers nous cette couche insolite qu'il fait tanguer, d'un geste sûr, naturel, comme s'il voulait prolonger, pour toi, au-dehors, le berceau du dedans, quand ta mère te portait, dans le même balancement doux.

Son visage à elle est aussi de nacre, transparent, comme revenu d'un voyage dont la beauté l'illumine encore, un voyage secret, et ce rien de lassitude suave des jeunes accouchées.

J'ai le droit de te prendre dans mes bras un peu gauches d'émotion.

Bousculade du temps.

Temps où vont passer et se confondre d'autres visages familiers. Je te découvre à peine et déjà je cherche en toi des traits connus, des ressemblances.

Jeu des correspondances. Besoin de t'inscrire d'emblée dans une filiation, de te reconnaître en même temps que je fais connaissance, peut-être pour exorciser le trouble de la nouveauté, en admettre la confondante, fabuleuse réalité, ou par timidité, tout simplement.

Car ta nouvelle présence au monde m'intimide, il est vrai.

Mais au-delà… Au-delà, il y a l'égarement. L'égarement de celle qui ferait un détour inopiné, mais aussi l'égarement de celle qui divaguerait, car, tandis que je te tiens contre moi, pleinement consciente de ta particularité, de l'évidence unique de ton existence, c'est ton père qu'au même instant je tiens, ton père à peine né lui aussi, lavé, langé, apaisé enfin après le tumulte de son arrivée, et moi, dans le même apaisement et cependant ébahie, troublée par le poids nouveau de son corps dans mes mains, cette tiédeur encore inconnue sur la mienne, et surtout l'abandon absolu de tout ce petit être qui veut bien des bras de la très jeune femme que j'étais alors…

Cette sensation déroutante de la confusion, ce dépaysement des sens, ce quiproquo de l'âme, permis, autorisé, serait-ce donc cela être grand-mère ?

Entre chien et loup j'écoute tes pleurs. Je ne les entends pas uniquement. Je dis bien : je les écoute. Comme j'écouterais une musique ou le bruit de la grêle contre les carreaux, tout entière disponible, attentive à rien d'autre que ces cris suraigus, presque sauvages, qui déchirent l'oreille et l'entendement.

Les pleurs d'un nourrisson ne ressemblent à aucune sorte de pleurs. Ils défient la raison par leur disproportion.

Je n'ai jamais oublié les premiers pleurs de ton père. J'ai dû me contraindre trop longtemps à les endurer car l'époque voulait qu'on laisse encore crier les bébés, soi-disant « pour qu'ils se fassent les poumons », une expression désespérément fonctionnelle et inhumaine que j'ai fini par ignorer, à ma façon, en n'enfermant plus systématiquement l'adorable hurleur dans sa chambre aux heures dites « de pointe », mais au contraire en le laissant parmi nous dès les premiers cris dissonants, au beau milieu du salon, tandis que son père et moi vaquions à nos occupations, récompensés par des gazouillis dont tout le monde profitait...

Tandis que chien et loup se disputent le jour, tes pleurs insensés m'intriguent davantage qu'ils ne m'exaspèrent. C'est pourquoi je les écoute autrement qu'autrefois, d'une autre oreille.

La place que j'occupe n'est ni celle de ta mère, ni celle d'une nounou, ni celle de personne d'autre. Place particulière de l'écoute sur l'échiquier du temps ; point de vue original qui ne se compare pas. Cette distance que toutes les grand-mères connaissent et vivent comme un privilège, je la mesure à l'instant.

D'elle je voudrais savoir et peut-être même comprendre, comme seule la distance le permet, par exemple, pourquoi tu pleures ainsi, petite fille, à en perdre le souffle...

À une amie qui demandait à un sage pourquoi les nouveau-nés crient tant à la naissance, il fut répondu : « C'est parce qu'ils ont perdu la connaissance. »

Qu'est-ce donc, ce qui décuple tes larmes ? Cela aurait-il un lien avec cette perte possible, et, si elle était vraie, fondamentale ?

De là où je me trouve, de ce nouveau point de vue, je ne me demande pas si tu n'aurais pas, par hasard, ou faim ou soif, ou froid ou chaud, ou mal à ton ventre – je sens que tu n'as ni faim ni soif, ni froid ni chaud, ni mal à ton ventre – je m'interroge autrement. C'est à une autre porte que je frappe dans l'espoir d'une réponse. À un autre mur que je me cogne, plein de cris lui aussi, lui aussi défiant la raison.

Sur la pointe des pieds, alors, je m'approche de toi et contemple ta rage…

Ta bouche démesurée a mangé ton visage. Ton front, tes yeux, ton menton plissés de fureur cramoisie la rendent plus grande encore. Tu es bouche qui crie. Tu es cri.

Comme ce célèbre tableau de Munch dont le cri universel semble déverser tout le malheur, toute la souffrance du monde, ta bouche est souffrance. Désespoir. Désespérés aussi tes deux petits poings fermés, comme déréglés, qui battent l'air jusqu'à la suffocation. On t'a poussée dehors, maintenant tu pousses des cris. Seule. Infiniment seule.

Au pied de ton berceau, j'assiste à ma propre

impuissance. Mes poings se ferment. Vont-ils se dérégler, battre l'air ?

Remontée vertigineuse du temps : je suis bouche, je suis cri.

Je me regarde hurler, seule, infiniment seule devant l'énigme de la vie.

J'ai deux mois à peine.

Mais comment vas-tu m'appeler ?

Quel sera donc mon nom, mon nom de grand-mère ?

Pour les parents c'est simple, sauf exception : « papa », « maman ». C'est entendu. Oui, mais pour les grands-parents ? Comment se désigner ? Comment se bien nommer ? Affres délicieuses.

Libre cours à la fantaisie. Ludisme assuré. Tout est permis dans ce petit baptême badin et joyeux, pensé et repensé.

Mais ce jeu plein de cocasserie a aussi son intensité, sa solennité, car cette création, cette mise au monde d'un mot tout neuf va s'incarner, prendre corps puis grandir avec toi, accompagnant tes jours, s'attachant à tes pas, ta vie durant, ma vie durant, et au-delà même quand je ne serai plus.

Ce n'est pas rien, non, d'imaginer un nom

qui nous ressemble, pour maintenant et pour plus tard. Un nom qui nous rassemble déjà et pour toujours.

Je ne connais rien de semblable si ce n'est ce moment, tout aussi ludique, solennel, où se décide le nom d'un personnage pour un livre qui se cherche encore, car de ce choix vont dépendre, je le sais, la tonalité, la couleur du récit à venir et surtout, surtout, le lien étroit qui m'attachera à ce personnage et à son destin. Notre proximité, notre intimité futures sont déjà dans le nom.

Alors, pour bien choisir mon nom, mon nom de grand-mère, il me faut, cette fois, enjamber le temps du côté futur…

Je nous vois, en croupe, sur le même cheval de bois dans un manège sans âge, toi devant agrippée aux rênes, toute frissonnante de joie et d'appréhension, moi, derrière, te tenant fort, mes deux mains autour de ta taille.

Et nous rions, ensemble, du rire de l'enfance.

Mon nom ? Ta maman me met sur la voie. C'est important son choix à elle. Quelque chose comme « ma Nono » ou bien… « Mano » ?…

Mano… Je me glisse dans ce nom. M'y roule et m'y enroule. J'y suis. J'y suis bien… Ce sera donc « Mano » ! J'aime bien.

Et pour ton grand-père, qui n'est pas le père de ton père, et aurait bien envie, justement, du mot «père» dans son nom, ce sera «Pèruli».

J'aime bien.

À toi de jouer, petite fille.

Toi, ma mère, tu sais. Tu as su ce que « grand-mère » veut dire.

Ce mot a pris sens pour toi, grâce à nous, tes garçons et tes filles, qui de poussée en poussée t'avons amenée jusque-là, jusqu'à cette place.

« Dans l'ordre des choses », aimais-tu à dire, nous t'avons faite grand-mère. Tu fus, es, seras la « Grand-Ma » de tous tes petits-enfants et de leurs lignées. De mon enfant à moi tu es devenue « Grand-Ma » en même temps que je devenais mère. C'est toi qui le déposas tout mouillé sur mon ventre étonné. Cette double métamorphose, ensemble nous l'avons savourée, dans l'ordre des choses. Des années durant elle a nourri notre dialogue mère/fille, jusqu'à ton départ choisi...

À mon tour je découvre, pas après pas, ce que « grand-mère » veut dire. De surprise en surprise, je trébuche dans l'inconnu. D'étonnement en étonnement, je me prends les pieds dans le temps.

Je ne m'attendais pas à tant de chamboulements, tant d'extravagances. Te raconter à toi, toi surtout.

Autre chose : comment as-tu vécu avec ton nom ? Ce « Grand-Ma » que tu t'es choisi ? Pour moi, vois-tu, le « Mano » que je pensais pénétré, saturé de sens et de sentiments, il sonne encore saugrenu à mon oreille.

Quand je dis à ma petite-fille « Mano va te donner ton biberon » ou bien « Il faut que Mano te prépare ton bain », ces phrases me procurent une sensation curieuse d'étrangeté. Je me sens empruntée. Impression de jouer un rôle. C'est si inhabituel ce nom tout neuf, qui n'a jamais servi…

Alors il n'est pas rare que je me trompe, que « Grand-Ma » vienne à la place de « Mano ». Je me sens devenir toi, ma mère. Il m'arrive de prendre ta voix, ton intonation, ta manière de dire, comme si j'avais besoin de m'identifier à ton modèle, en quelque sorte, toi la grand-mère de mon enfant, pour comprendre qui je suis, où je suis dans cette nouvelle configuration des choses. La géométrie de ma vie n'est plus la même. J'ai changé de place. Bizarre.

Est-ce un hasard ? À la maison, la maison de Paris, qui est aussi la maison d'enfance de ton père, j'ai improvisé une sorte de table à langer sous le portrait même de son père à lui. Un dessin au fusain d'une rare vérité.

Ce grand-père que tu ne connaîtras pas, impossible de ne pas le voir.

Vos yeux se sont croisés dès que je t'ai posée là, sur ton petit matelas de toilette.

Alors, tout naturellement, je vous ai présentés l'un à l'autre.

Ce soir, comme chaque fois que je te garde ici et que je te change, tu tournes la tête vers lui et sembles attendre mes paroles.

J'ai bien compris que ce visage t'intrigue, autant par l'intensité très particulière de son regard qu'à cause des mots – une sorte de chanson, une comptine – qui accompagnent mes gestes. Car de lui je te parle quand tu le fixes ainsi, yeux dans les yeux.

Je ne connais pas d'autre manière d'empêcher que les morts ne soient tout à fait morts.

Je me dis : Justement parce que tu es nouvelle au monde il me faut t'associer à ceux qui n'y sont plus. Te transmettre au plus vite leur souvenir.

Je te chante le père de ton père quand tu me le demandes.

Les fesses dans le caca et l'odeur âcre du lait fermenté, en cet instant privilégié des soins et des caresses sur ta peau, tu m'écoutes.

Je me persuade que ta peau aussi entend, comme ma peau à moi a dû entendre, et se rappelle à son tour, un instant semblable où ma mère elle aussi chantait pour moi sa propre maman trop tôt disparue, à l'heure des changes, du caca, de ma toilette, ma toilette de bébé.

«*Down, down, down.*»

Plus bas, encore plus bas, toujours plus bas.

La chute d'Alice dans le terrier sur les traces du lapin blanc aux yeux roses n'en finit pas.

La mienne non plus.

Down, down, down, au-delà du centre de la terre, au cœur des choses. Descente en moi-même.

Profond est le puits, lente la chute. Assez lente pour me permettre de penser librement. Il n'y a rien d'autre à faire.

C'est toi, petite fille, mon lapin blanc aux yeux roses. Tu sembles en savoir long sur le temps – même si tu ne portes pas de gilet avec une poche pour y mettre ta montre – puisque tu m'y promènes déjà.

Le temps… Tandis que je descends, *down, down, down*, j'en remonte le cours.

De surprise en confusion, de vertige en égarement, je veux bien de cette bousculade, des trébuchements du souvenir.

«*Burning with curiosity*», dévorée de curiosité et captivée par le lapin blanc, je me sens prête à en vivre toutes les bizarreries.

Le feu de la curiosité est de teinte vermeille, la couleur aujourd'hui pour moi de l'émerveillement devant cette évidence: je commence à devenir assez grande pour redevenir petite.

Tu es annoncée. Tu seras là sous peu.

Je me prépare à t'accueillir dans cette maison que, paraît-il, tu sembles maintenant reconnaître, peut-être au bruit de la porte cochère ou à l'odeur du grand escalier de bois.

Et comme à toutes tes visites : l'effervescence. Même une sorte de trac. Mais qu'est-ce donc que cet émoi inconnu et répété ?

Pourquoi, à toutes ces retrouvailles, tant de trouble, d'impatience ?

Hormis le sentiment amoureux, je ne connais rien qui s'apparente à cela…

Une telle excitation, une telle fébrilité !

De cette émotion particulière à l'égard de son petit-fils, l'amie Annie, un jour, m'avait parlé, sans que je saisisse bien alors le sens de ses propos. J'avais même trouvé extrême le lien de séduction qu'elle disait entretenir avec ce petit être. « J'en suis amoureuse », affirmait-elle.

Maintenant je comprends.

Tandis que je brosse mes cheveux, me parfume, et choisis le pendentif avec lequel tu vas jouer à mon cou, en un mot, tandis que je me fais belle pour te plaire – oui, c'est cela, te plaire –, je comprends maintenant ce que l'amie Annie voulait dire.

L'enfant de l'enfant vous fait battre le cœur au-delà de la raison, dans l'émotion pure de l'infinie surprise ajoutée au doute infini d'en être toujours aimé.

À chaque visite tu es quelqu'un d'autre qu'il me faut reconquérir dans ta nouveauté, car tu es nouvelle à chaque visite, différente, bien sûr.

Tu me fais penser aux arbres ou aux plantes qu'on ne voit pousser qu'après les avoir quittés un moment, avoir mis une distance, du temps, entre soi et eux.

L'enfant de l'enfant n'est jamais le même du fait qu'il nous est discontinu. Ton père, je ne l'ai pas vu changer puisque je ne l'ai, pour ainsi dire, pas quitté du regard, mais toi, vois-tu, je te redécouvre à chaque rencontre. Précieux petit furet qui disparaît et apparaît sans cesse.

Je me dis : Et pour toi, cette grand-mère que

tu redécouvres aussi à chaque rencontre, est-ce la même ? Question sans réponse.

C'est pourquoi, vois-tu, mon cœur bat de l'amour que je te porte mais plus encore à l'idée que tout à l'heure, lorsque tu apparaîtras, c'est une autre que celle que j'ai quittée qui me sourira.

Car tu me souriras, n'est-ce pas ?

De n'en être pas sûre m'agite, me déboussole, au-delà de la raison.

«Je vais être grand-mère!

– Félicitations! »

« C'est ma petite-fille. Elle a quatre mois…

– Félicitations! »

«Vous voulez voir la photo de ma petite-fille?

– Félicitations! »

« Félicitations», le mot dit ainsi, sur ce ton particulier, mi-enjoué mi-solennel, réservé aux seuls grands événements, ce mot m'est destiné, à moi, et je n'en reviens pas.

Tu rirais, toi, ma mère, de me voir dans ce rôle. D'être celle qu'on applaudit pour une chose qui s'est faite sans vous, et cependant un peu «par» vous justement…

Avant de l'entendre, j'ignorais quelle impression cela aurait sur moi. J'ignorais tout de la grâce de cette soudaine posture, impossible à comprendre si on ne l'éprouve soi-même.

Une place, un état comparables à aucun autre et que certains – je le sais pour l'avoir un peu ressenti les dernières années – nous envient, comme si chacun pressentait qu'avec cette nouvelle donne du destin un rideau de promesses se déchire pour des réjouissances secrètes réservées aux seuls initiés : les grands-parents.

Car il s'agit bien de promotion, n'est-ce pas, sinon pourquoi les félicitations ?

Il est bien question, n'est-ce pas, d'avoir franchi quelque chose, une marche de la vie, sinon pourquoi la déférence ?

Tu pleurerais de reconnaissance pour l'ordre des choses, toi ma mère, de me voir arrivée là, alors qu'hier encore tu déposais sur mon ventre étonné l'enfant tout mouillé.

L'enfant tout mouillé est père aujourd'hui.

Je découvre qu'être grand-mère est une récompense. Je découvre qu'être grand-mère est ma fierté, une fierté qui amplifie, magnifie celle d'avoir un jour été mère, mais autrement.

Oui, fière je suis, ma mère, comme tu le fus avant moi.

Ce sentiment tout neuf, comme mon nouveau nom, « Mano », n'a presque pas servi, mais il se délecte déjà de ce jeu de miroirs qu'il propose à mes sens éblouis et curieux.

Le jeu doit être bien captivant, la fierté bien tenace pour que ne m'effleurent même pas, du moins en cet instant, la petite pointe de mélancolie, le pincement de l'âme à l'idée du vieillir, de la jeunesse trop vite passée, du temps, davantage compté, que me confère cette nouvelle place sur l'horloge des ans.

Aucune crainte, pas d'angoisse. Pourquoi n'ai-je pas peur d'être devenue grand-mère ?

M'aurais-tu préparée aussi à jouer un jour, sans trembler, ce dernier beau rôle, à revêtir avec gratitude le peut-être dernier costume de ma destinée ?

Toi qui as pris ma main pour m'aider à suivre ta dernière leçon de mère, celle de ta mort, de ton départ choisi, au nom de la transmission, il faut que je te dise : mon autre main, une petite fille la tient maintenant. Je l'ai confiée à sa menotte exquise.

L'enfant de l'enfant me tient, me tient fort.

Au fait, dans « Mano », il y a « main », n'est-ce pas ?

Sourire de ton père, mystérieux :

« Elle l'a fait, maman, le geste. Tu sais, le geste, avec son pouce !

– Le geste avec son pouce… »

Et tout revient… Flots d'images nettes, étonnamment nettes.

Ton père – huit mois environ – assis pour sa bouillie sur la haute chaise en bois, la chaise de famille, vouée à des générations de bébés. Et ton grand-père – celui du portrait au fusain – se tournant vers moi, incrédule, avec cette question : « Est-ce que tous les bébés font cela ? » Et lui me montrant le geste, un mouvement du pouce très précis : tendu, plié, tendu, plié. Et moi, prise de court, répondant : « Non… non, je ne crois pas. » Et ton grand-père alors, stupéfait. Bouleversé : « Ce geste du pouce, tendu, plié, je l'ai fait, sur cette même chaise ! Je me suis vu le faire ! Au même âge, de la même façon, sur le rebord de la tablette en bois ! » Et moi, subjuguée. Et nous deux riant, riant aux larmes.

Et cette histoire ensuite, cocasse petite madeleine, tant de fois racontée, savourée, entre nous. Nous trois.

Voilà donc qu'à ton tour tu nous la fais revivre, petite fille, pour qu'encore nous la savourions.

Espiègle jongleuse du temps, tu nous l'offres, jusqu'à la dernière miette d'émotion, pliée tendue, pliée tendue, sur le rebord du souvenir.

Il n'y a plus qu'à rire. Rire aux larmes.

Je t'ai assise sur mon lit. Au mur, dans son cadre ovale à l'ancienne, une photographie de moi vers deux ans.

« C'est qui ça ? t'ai-je demandé.

– Papa, as-tu répondu sans hésiter.

– Non, c'est Mano, Mano bébé !

– Mano », as-tu admis, conciliante.

Mais c'est toi qui as raison.

Même s'il est vrai que, pour le moment, « papa » est l'unique mot dont tu disposes, le mot de passe, celui qui désigne les êtres comme les choses, le degré zéro de ton vocabulaire, il ne me semble pas impossible que toi aussi aies été frappée par le jeu des parentés. Tu *nous* as reconnus…

Inutile de les battre longtemps, les cartes du jeu, le jeu des ressemblances. Les photos d'autrefois exhumées de nos vieux albums sont éloquentes : ton père tient de moi comme tu tiens de lui. Tenir, au sens de la composition, du contenu, de la teneur. Tenir comme les maillons d'une chaîne.

En nous ressemblant à tous deux, tu nous rassembles et nous assembles, ton père et moi, d'une bien troublante manière, même si ta prunelle scintille souvent d'un éclat inouï dont ta mère, seule, a le secret.

Assemblage propice à la confusion. Brouillamini. Alice adorerait. Et moi donc !...

Le bal des bébés est mon carnaval.

Parfois c'est ton père qui surgit.

Tu as par exemple la même exacte et gracieuse façon de tendre tes deux mains courbées vers moi lorsque tu as mal, ou bien de raidir, bander tes jambes jusqu'à la pointe des orteils quand la colère te gagne, comme si celle-ci avait besoin de parcourir tout ton corps pour pouvoir ensuite se retirer...

Une expression, une attitude et je suis transportée, sans préavis. Me cogne aux angles du souvenir, des coups indolores mais pris de plein fouet, au point d'en avoir le vertige.

La mère que j'étais rend visite à nouveau à la grand-mère d'aujourd'hui. Ensemble se confondent. Font tomber, encore et encore, les frontières du temps jusqu'à la confusion des rôles. Une mère, une mère sans âge, presque universelle, les réunit, les unit en une. Une.

Ton père sourit à ces récits car il dit se retrouver lui aussi en toi.

Le tendu-plié du pouce sur le rebord de la chaise en bois, la lointaine sensation des jambes raidies de colère ou d'impatience jusqu'aux orteils, ces gestes, par exemple, il les connaît, les reconnaît comme étant siens. Lui aussi, alors, est transporté, sans préavis…

Le fait que tu sois fille me fait revivre, différemment il est vrai, ton père au même âge.

Un petit bout d'homme ou un petit bout de femme, ce n'est pas tout à fait la même chose… C'est ainsi.

Mais voilà, non seulement tu es fille – ce qui m'enchante – mais, qui plus est, tu me ressembles irréfutablement. Indéniablement.

C'est si vrai qu'il m'arrive de me regarder à travers toi. Dans le miroir du passé, de voir ressusciter le bébé que j'ai sans doute été !

Et toujours alors l'impression, la sensation du rebours, de l'envers. Ce que j'ai pressenti, devant ton berceau, au premier regard échangé, prend sens, les mois passant.

Je m'affranchis du temps, en effet.

Je suis Alice qui enjambe le miroir mais avec, sur elle, l'avantage, le privilège, de le traverser et le retraverser à ma guise. Il suffit d'un bond et hop ! me voilà partie ! Il suffit d'un saut et hop ! me voilà revenue ! Alice adorerait ! Et moi donc !

Les mois passant, je ne me lasse pas de fureter avec toi dans l'autrefois.

Je fouille. Farfouille. Gratte les traces de conscience oubliée. L'aurais-je pu sans notre étonnante ressemblance ?

Sans doute oui, mais sans doute pas aussi bien, aussi loin.

De l'autre côté, de l'autre côté du temps, où les choses sont en sens inverse, je traverse moi aussi comme Alice le verre mou comme la gaze. Quand la gaze devient brouillard, brume d'argent brillante, « *bright silvery mist* », je peux me faufiler moi aussi dans la maison du miroir et en revenir.

Là, dans « *the looking glass house* », je déniche les recoins de la mémoire oubliée, là je découvre les trésors du passé. Des merveilles pour grands-parents ?

Pour grands-parents seulement.

Tu tiens debout. Les mains en appui sur le dossier du grand fauteuil en cuir noir, tu oscilles légèrement, mais tu tiens.

Te voir à la verticale m'émeut au plus haut point et toi tu sembles ravie d'avoir grandi de toute ta hauteur, de t'être haussée ainsi sur l'échelle de l'humanité.

Notre joie et un rai de soleil aidant, c'est décidé : je t'emmène au manège. Je me régale à cette perspective dont, sans bien savoir pourquoi, j'ai déjà beaucoup rêvé pour toi, pour nous.

Je nous ai si souvent imaginées toutes deux riant aux éclats enlacées sur le même cheval de bois d'un manège sans âge…

Image d'Épinal, image idéale de la plus parfaite harmonie d'une grand-mère avec sa petite-fille…

C'est notre première sortie en ville, sans tes parents.

Une expérience inédite pour la novice que je suis, partagée entre fierté et gaucherie.

Malgré l'épreuve d'un habillage complet chaussures comprises, avec lacets, malgré la descente de l'escalier rendue périlleuse par tes gigotements, l'incommodité du sac rempli de couches, biberon, petits pots de fruits, biscuits, le doudou espiègle qui se prend dans mes jambes, l'installation houleuse dans la voiture d'enfant dont la technicité me dépasse, malgré tout cela, nous parvenons à franchir la porte cochère, toi relativement bien disposée, moi encore pleine d'allégresse.

Allégresse provisoire car c'était compter sans mon manque d'habileté à manier ta poussette, une interminable attente de l'autobus dans un fort méchant courant d'air, la mauvaise volonté des passagers, visiblement peu attendris par notre arrivée dans un véhicule surchargé, et ta difficulté à anticiper le bonheur que je te promets sur le plus magnifique manège de ta jeune existence, dont le mot, comme l'idée, t'est naturellement incompréhensible.

Quand nous pénétrons enfin dans le parc, nous sommes exténuées.

Nous nous réconcilions avec les choses grâce à la nature qui embaume et le gazouillis des oiseaux. J'achète lâchement ta bonne humeur avec un morceau de biscuit dont la vue te fait battre des pieds.

Puis direction le manège.

Là, surprise. Ce n'est pas le manège de mes rêves.

Des dinosaures, avions et autres engins volants ont remplacé les chevaux, et surtout j'apprends qu'il m'est impossible de monter avec toi dans l'une de ces voitures qui seules me paraissent adaptées à ta taille : « C'est interdit ! C'est tout ! C'est comme ça, madame ! »

Nous regardons tourner quelques enfants hurleurs.

J'hésite. Tu ne sembles pas particulièrement attirée par ce jeu dont je te vante inutilement les délices. Le manège ralentit et s'arrête.

« Tu veux monter sur le manège, ma chérie ? »

Pas de réponse, forcément. C'est ni oui ni non. Tu n'en sais rien, si tu le veux. C'est moi, moi seule qui le veux. Moi seule qui veux jouer au manège idéal, jouer avec le temps.

Alors, maladroitement, je parviens à t'extraire de la poussette, te pose dans la première voiture venue où je t'attache avec moult précautions et tendresses. Tu me regardes, sans expression.

Je négocie avec le préposé, qui veut bien te rendre aussitôt à moi si l'expérience tournait mal. Quand même !

Et le manège s'ébranle. Vite. Trop vite.

Au premier passage devant moi – et malgré mes grands signes encourageants – tu es statufiée. Au deuxième passage : pétrifiée. Au troisième, tu hurles de terreur.

Fiasco.

Ça t'apprendra, Mano !

Ce n'est pas l'été mais déjà une promesse d'été !

Dans la maison du Sud où, avant de nous quitter, tu as voulu, toi ma mère, contempler la nature dans sa gloire, t'emplir des derniers éclats de la magnificence pour y puiser sans doute, sans que nous le sachions encore – même si nous le devinions –, la force qu'il te faudrait pour en arrêter le cours, en rompre l'éternel recommencement, dans cette maison du Sud, ton arrière-petite-fille participe du renouveau des choses.

Plante parmi les plantes, fleur parmi les fleurs, elle s'épanouit.

Tiens ! Je l'entends qui chigne, là-bas, à l'ombre tendre du saule reverdi !

Sa mère sait reconnaître les pleurs que la faim éveille. On se fait signe. J'ai compris. Je vais chercher l'enfant.

Même si ce n'est pas moi qu'elle attendait, elle me sourit, comme si elle me faisait confiance pour l'emmener au bon endroit, vers la bonne personne.

La tiédeur odorante de sa peau contre ma peau, la densité de ce petit corps contre ma poitrine, j'en vole le bonheur furtif, en pensant à toi, ma mère, qui quatre fois mère et qui plus est sage-femme as mille fois senti, sur ton sein, ce voluptueux abandon.

Je me dis : Jamais plus aucun lait ne coulera de mon sein à moi.

De me le dire, de le penser n'est ni douloureux, ni même nostalgique. De le dire, le penser n'est cause d'aucun regret.

Cela me confirme dans ma nouvelle place, ma nouvelle fonction de mère grandie, de mère grande. Une grand-mère tout simplement qui consent à l'être comme toi l'as consenti avant moi.

Sous la véranda ornée de blancs rosiers et de jasmins pleins de sève que le soleil exalte, je dépose l'enfant sur le sein de sa mère qui l'attend, lui aussi magnifique et gonflé de sève promesse.

Je contemple un spectacle qui m'est presque inconnu…

À l'époque où j'enfantai, nous nous rebellions,

les jeunes mères d'alors, souviens-toi, contre l'idée de l'allaitement. Ce n'était plus dans l'air du temps.

Malgré tes efforts – car tu y croyais, toi, aux vertus de l'allaitement naturel, autant qu'à la beauté du geste –, moi non plus n'avais pas voulu de ce que nous, les mères d'alors, vivions comme une régression pour notre liberté de femmes.

Aussi bien n'ai-je allaité qu'à peine deux ou trois jours, à mon corps défendant, sans plaisir aucun, je l'avoue.

Ce spectacle, donc, je le découvre. Autrement.

Seul un peintre pourrait – et saura – rendre l'exacte perfection de ce que je vois, sous la véranda maintenant inondée de soleil et de fleurs.

Je suis devant une scène qui me fait étrangement envie et, parce qu'elle me fait envie, soudain me donne nostalgie et regret. Envie double d'être à la fois et l'enfant et la mère. La bouche qui tète le sein, le sein que suce la bouche. Regret inattendu, celui de ne pas l'avoir vécue et de ne pas l'avoir non plus partagée, cette scène, avec mon propre enfant.

Surtout pas de contrition, ni de remords, rien qui soit d'ordre moral, non. Plutôt le sentiment d'être passée à côté d'une jouissance possible.

Petit maillon manquant, impossible à rattraper, que ce loupé des sens, cette occasion perdue d'une volupté commune.

«Tu vois ! C'est dommage ! conclurais-tu. N'est-ce pas ?»

Il aura fallu l'enfant de l'enfant pour que je veuille bien l'admettre, pour que je le conçoive enfin.

Allons, ma mère, ne me fais pas les gros yeux ! « Chaque chose en son temps ! » disais-tu toi-même.

Cela ressemble à une glissade en crabe savamment mesurée.

Ta jambe gauche repliée sous les fesses te sert d'appui tandis que ta jambe droite te propulse.

Tout ton petit corps ondule sur son socle à chaque poussée, chaque impulsion.

Cette reptation exige un aplomb d'acrobate, un sens de l'équilibre d'autant plus admirable que tu progresses à vive allure sur le parquet ciré.

Mieux qu'un déplacement, on dirait – sans doute parce que l'ensemble demeure étonnamment harmonieux – une danse dont la chorégraphie exige souplesse et efficacité.

Comment t'est venue cette figure sans précédent et sans modèle ?

On ne le saura pas, d'autant qu'elle n'est qu'un moment de ton expérimentation, une étape, une transition vers la marche future. On peut penser qu'elle a été dictée par une pulsion si impérieuse qu'il t'a bien fallu inventer.

Inventer un moyen de bouger selon ton seul désir.

Ne plus demeurer là où on t'a posée et parfois même attachée.

Aller et venir enfin et du même coup explorer ce qui t'était jusqu'ici caché, interdit.

Premier geste de libération pour toi qui n'en pouvais plus de l'immobilité.

Premier acte d'indépendance et désir partagé pour nous tous d'y souscrire, comme si nous le ressentions encore, inscrit en nous également, l'enfermement du berceau puis du lit ou du parc aux barreaux infranchissables.

Je n'ai pas oublié ce même moment où ton père s'est affranchi, et comment il l'a fait durer, ce plaisir, au point de retarder avec beaucoup d'entêtement l'étape suivante, au point de nous faire douter de le voir un jour marcher !

Cette fébrilité naturelle de parents, cette idée fixe, m'aurait-elle empêchée de voir l'essentiel ?

L'envie de voir marcher ton père m'a-t-elle privée de cette joie simple de profiter, en même temps que lui, de la volupté de sa propre reptation ? D'en comprendre l'ivresse ?

Aussi ai-je de ces mois un souvenir un peu empoisonné par cette impatience, car même s'il n'avait pas ta grâce de danseuse, je ne doute pas que ton père ait éprouvé la même exaltation que toi à l'exploration, cette manière tout aussi animale de marquer son territoire pour jouir de ses richesses, se griser de la découverte.

Aujourd'hui rien ne presse. Aujourd'hui, le temps est différent. Lui aussi s'est affranchi. Je n'ai aucune impatience à te voir marcher, toi, son enfant.

Au contraire. J'aime m'asseoir parfois à tes côtés et m'amuser de ce qui t'amuse. Je renoue grâce à toi avec l'infiniment petit : l'aspérité surprenante d'une miette de pain ou la légèreté d'un petit duvet de coussin tombés là par hasard dans une rainure du parquet, la progression maladroite d'un moucheron sur un pied de fauteuil, l'apparition déconcertante d'un début de trou à l'une des chaussettes de ton Pèruli. Tout est surprise. Tout te passionne.

Maintenant je comprends pourquoi il l'a fait durer, ton père, ce temps béni de l'exploration dans la jungle de la maison.

Te voir intriguée m'intrigue. Te voir émerveillée m'émerveille. Me fait rêver.

Tandis que tu glisses en silence d'un lieu à l'autre, petit crabe saoul d'espace, ta jambe gauche repliée sous les fesses et la droite qui s'élance en battements réguliers à la conquête des choses, je me dis : Moi-même qui ai rampé ainsi sur un parquet ciré, moi-même qui l'ai inventée, cette marche d'avant la marche, jamais apprise et pourtant sue, où l'ai-je rangée dans la mémoire du corps ?

Cette question, même sans réponse, suffit à mon bonheur.

Quand c'est une qualité, on parle d'opiniâtreté. Quand c'est un défaut, d'entêtement.

Comme beaucoup d'humains, je vais de l'un à l'autre.

Tu vois où je veux en venir : je dois te réconcilier au plus tôt avec les manèges ! Ma passion enfantine des « chevaux de bois », comme on disait alors, il faut que je te la fasse partager.

Le « il faut » d'aujourd'hui n'est pas celui d'hier. Le « il faut » de la grand-mère, pas celui de la mère.

Le temps qui les sépare en change la matière même. L'impératif n'est pas du même ordre. Plus d'émotion que de raison dans l'injonction d'aujourd'hui.

Le plaisir partagé en est toujours le principe. Le bonheur retrouvé, l'objectif secret.

Il ne se peut pas que quelque chose que j'ai

follement aimé tu ne l'aimes pas à ton tour. C'est tout.

Le contraire serait une incongruité étant donné ce qui nous lie déjà…

Comme ai-je pu ne pas le remarquer, le manège miniature tout en haut de la rue voisine ?

Je jette sur lui mon dévolu. Inspection. Entre un lapin rose à longues oreilles bleues, un gros ours blanc aux pattes orange et un canard jaune au bec rouge, qui, pour certains, basculent dangereusement, je repère une mignonne limousine vert pomme. Je fais amie-amie avec la foraine : « Oui, bien sûr vous pouvez vous asseoir près d'elle ! Non, le manège ne tournera pas plus vite ! » Diling diling !

Et nous voilà installées : toi devant au volant, moi en amazone sur l'aile arrière. De tous les animaux, je suis le plus bizarre, car je suis bien plus grande que la voiture. Cette incongruité ne semble pas déranger les bambins en joie qui me regardent sans étonnement.

Je pose la main sur ton cou. Musique. Et tourne le manège ! Des ampoules de toutes les couleurs clignotent au-dessus de nos têtes. Tes yeux brillent, pleins d'étincelles vert pomme. Tu vérifies que je suis toujours là, ma main toujours sur ton cou. Oui, oui, je suis là !

Je te montre comment actionner le klaxon et je chante à tue-tête. Diling diling ! Mon plaisir est contagieux. Tu fais « la la la ».

Cette rue que j'arpente depuis quelque trente-sept ans de ma vie, témoin de tant de rires et de larmes, cette rue qui a vu partir ton grand-père – celui du portrait au fusain – et grandir ton père, s'allonger ses jambes de petit gars puis d'adolescent et d'homme, cette rue qui m'a vue me transformer moi aussi, devenir une autre femme, je la réinvente.

C'est une nouvelle rue, car la tête me tourne et mes repères avec. Tous mes souvenirs se réduisent à cette nouvelle taille des choses, au « diling diling » de la cloche et à tes « la la la ».

Aux oubliettes, le cheval de bois qui hantait ma mémoire nostalgique. Je n'en ai plus l'usage. Seule notre monture insolite existe. Seul ton plaisir vert pomme dans lequel le mien se dilue sans peine.

Un tour, deux tours, trois tours. Et nous rions ensemble du rire de l'enfance.

Ce sera toi la plus raisonnable, toi la première qui demanderas à descendre du manège, pour rentrer à la maison.

«Am am am ! »

Tu parles comme tu manges. « Am am. » Mise en bouche des mots. « Am am ! » Dire le manger fait partie du manger.

Le mot « am » – sorte d'anagramme de « mam », « maman » – remplit ta bouche de purée de légumes, de compote de pommes.

Il est légume, compote. Même goût, même saveur.

« Am » dégouline sur ton menton. Tu t'en pourlèches. Goulûment tu le répètes. Il est bon à dire, à redire. C'est la répétition qui le rend bon.

À ta glissade, ta cavale sur le parquet, s'ajoute maintenant la cavalcade des tout premiers mots qui entrent et sortent, savamment mesurés aussi, de ta bouche, un à un.

La même pulsion impérieuse semble dicter gestes et mots.

« Ouaf ouaf ouaf ouaf. »

Tu aboies comme le chien. Tu deviens chien. Plus jamais tu ne seras chien à ce point, à ce degré d'identification.

« Allô allô allô allô. »

Tu téléphones, tu es téléphone.

Mots et gestes au galop. Frénésie des mots et des gestes.

La répétition est ton métronome. Elle rythme la présence des choses et des êtres autour de toi. De toi auprès d'eux.

Les nommer, inlassablement, comme pour les empêcher de disparaître. Pour être sûre qu'ils sont bien là, qu'ils ne vont pas t'échapper, mais aussi pour la griserie de la découverte.

Chaque mot nouveau est surprise, ravissement. Un nouveau jouet avec lequel t'amuser. Répéter en boucle fait partie du jeu. C'est un jeu en soi. Tu joues au dire et au redire… Parmi ces tout premiers mots se glissent deux ou trois expressions qui me sont inconnues. Elles sonnent différemment à mon oreille, et sans doute aussi à la tienne. Elles te viennent de ta maman, de sa Lettonie natale, qu'elle te fait partager. Avec « ache » par exemple, il y a danger. On peut se faire mal, se brûler, se salir… Je fais mienne l'expression. Je te dis « ache » quand tu t'approches de la théière bouillante. Une façon aussi de me sentir proche de ta maman, de son monde à elle. «Ache» est donc danger.

Si je veux jouer avec toi aux délices du redire, je dois redire à mon tour. Tu y tiens, comme tu tiens à ce que je répète inlassablement tout geste qui, parce qu'il t'amuse, est devenu jeu.

Certains gestes ont besoin des mots. D'autres non. Ils réclament au contraire un silence absolu, celui qu'exige la concentration.

Pas de mot par exemple pour accompagner cette minutieuse occupation qui consiste à faire entrer dans une petite boîte à thé un objet. À refermer non sans mal la boîte. À l'agiter. À écouter le bruit de crécelle que produit l'objet contre le métal. À rouvrir la boîte. À faire tomber l'objet. À écouter l'absence de bruit. À refermer la boîte. Et à recommencer. Le temps n'a plus d'importance alors. Ni pour toi, ni pour moi. Moi-même n'ai plus d'importance, sauf pour t'aider à fermer le couvercle.

Mais le bonheur est à son comble quand tu peux jouer à la fois à la balle – une balle rose, lisse et légère – et au mot «balle». La balle, la balle, la balle, la balle, la balle.

Lequel, de la balle ou du mot, me lances-tu, petite fille?

Lequel, du mot ou de la chose, te fait le plus rire tandis que, ta jambe gauche repliée sous tes fesses, tu t'élances pour les attraper?

Pour jouer à la balle, et au mot «balle», il me faut descendre jusqu'à toi, jusqu'au parquet ciré. Il me faut me réduire, rapetisser. Apprendre, réapprendre à mon corps balourd les joies de la reptation, à ma tête saturée de vocabulaire l'ivresse des premiers mots. Je n'hésite pas.

Je voudrais boire comme Alice la potion magique qui me permettrait de redevenir si petite que je pourrais enfin le voir, le passage, «*the small passage*» pas plus gros qu'un trou à rat, «*a rat-hole*», qui ouvre la porte du jardin merveilleux, ce jardin oublié de moi dont toi seule as la clef.

Je suis aux anges. «Mano» fonctionne à merveille.

Tu t'es approprié ce nom, que ta mère et moi avons concocté, avec une rapidité étonnante, comme si toi-même l'avais choisi.

Il nous va bien, il est vrai. Nous sommes à l'aise dedans. Au chaud quand il fait froid, au frais quand il fait chaud.

Il nous ressemble. Toujours au bord du rire. Lui aussi se mange. Nous le grignotons ensemble. C'est un petit sablé, espiègle à l'heure du goûter. Un bout pour toi, un bout pour moi. On partage les miettes.

En revanche, nous avons sous-estimé la difficulté du «u» et du «i». De «Pèruli» ne reste qu'un «Ala» qui n'admet aucune concession. Ton grand-père – par procuration et non par procréation, se plaît-il à préciser – est «Ala».

« Ala est grand, certes », te répond-il en riant quand ainsi tu l'appelles, ce qui, en l'occurrence, n'est pas faux… mais je crois savoir qu'il aimerait un nom qui lui ressemble davantage. Penses-y, veux-tu ? Merci, ma chérie.

L'été a tenu sa promesse. Il est là, ma mère.

Dans la maison du Sud, le saule est somptueux. Il se souvient de toi, de ta dernière visite dans l'ombrage doux de ses pleurs sans tristesse car ta décision mûrissait, tranquille comme la moisson.

Tu as forcément eu, en leur temps, le récit des premiers pas de ton petit-fils, ce moment tellement symbolique qu'il en devient cérémonial et se transmet, tel un haut fait de l'histoire de chacun.

C'est drôle, vois-tu, le destin se répète : je manquerai donc les premiers pas de ma petite-fille, comme j'ai manqué, de justesse, ceux de son père.

Le petit coquin a profité de mon départ pour offrir à sa tante – qui n'est pas peu fière – la faveur de ses premiers pas vacillants, à peine avais-je le dos tourné, dans l'immensité d'une gare normande. Maman partie, n'était-il pas devenu, ainsi que ma sœur le lui a suggéré, « un grand garçon » ? Le grand garçon a donc marché…

Contrairement à lui, davantage préoccupé par le confort de la reptation que par le vertige de la marche, sa fille semblait prendre un chemin plus précoce. Nous avons même craint qu'elle ne se lance, bien avant ses un an, en l'absence de ses parents, partis pour quelques jours, et étions fort ennuyés à l'idée qu'ils soient, eux aussi, privés de ces instants héroïques.

Et puis, non. Elle a repris sa glissade dansante de petit crabe sur le parquet ciré. Fidèle à ses origines maternelles, c'est finalement dans un jardin, près de Riga, en Lettonie où elle fut conçue, qu'elle décidera, aux sens propre et figuré, de franchir le pas…

Ton petit-fils, à son tour, m'en a fait le récit détaillé. Je voulais – transmission oblige, mais pas seulement, je crois –, je voulais tout connaître de son valeureux exploit.

Il paraît que c'est le désir qui a précipité la petite, la tête la première, dans le giron de ses parents, assis à quelques mètres bras et jambes ouverts, comme si elle voulait rebrousser chemin, retrouver, tête la première, le lieu sûr et sacré de sa conception.

Il paraît que ses pas, semblables à ceux d'un vieillard, qui calcule chaque mouvement, avaient cette cadence, cette oscillation particulières au funambule en quête d'équilibre, les jambes un peu écartées, à cause des couches, mais aussi pour aider à la balance du corps.

Fallait-il qu'il fût fort, ce désir, et ardente, cette envie, pour que la petite parcoure ainsi, jusqu'à son extrémité, le fil d'amour dont le giron parental était la récompense ?

J'imagine la scène, certes, mais ne l'ai pas vécue.

Je me dis : Si j'avais été présente, ne l'aurais-je pas alors levé, le voile, sur l'énigme de mes premiers pas ?

L'énigme demeure, demeurera. Tu n'es plus là, ma mère, pour m'en faire l'intime récit.

Toi seule pourrais combler cette lacune, ce manque qui soudain me paraît essentiel.

Seule toi, ma mère, pourrais me raconter comment, de quelle manière, vers quel objet de désir j'ai moi-même un jour vacillé pour franchir le pas.

Pourquoi donc ai-je oublié de te poser la question ?

Ou aurais-je oublié que je te l'ai posée ?

Voilà bien une préoccupation de grand-mère.

Gentiment, ton Ala se moque. Il a raison : je suis dans tous mes états. On dit cela de l'impatience lorsqu'elle consume.

À nouveau le trac, l'effervescence, car vous arrivez, tu arrives, pour l'été, dans la maison du Sud. Vous voilà ! Te voilà !

Un mois sans te voir fut une épreuve d'endurance, et puis te voir qui marches, te voir gambader ici… Quelle histoire ! Est-ce bien raisonnable, cela aussi, pour le cœur d'une Mano encore à ses débuts, une Mano qui fait ses gammes ?

Cette fois, forcément tu m'auras oubliée, mon précieux furet ! C'est la seule pensée logique que je parviens à formuler tandis que je me précipite à l'arrière du jardin pour vous accueillir tous. Ton père, ta mère et ta grande demi-sœur, pleins de mansuétude, ont déjà admis que les premières embrassades soient pour toi.

Ils attendent donc, indulgents, leur tour de baisers. Me regardent m'esclaffer entre joie et stupeur. Joie des retrouvailles. Stupeur devant ta métamorphose, plus renversante encore que dans mon imagination. Effort du souvenir pour mettre bout à bout le bébé que j'ai quitté et la petite fille qui s'esquisse déjà sous les boucles blondes et sa robe à fleurs dans les bras fiérots de son père. Effort de raison pour la prendre dans les miens sans défaillir, celle qui m'a reconnue, bien sûr – suis-je donc bête avec mes frayeurs –, et jubile de les retrouver.

Tu es autre, mais c'est bien toi. Changée mais c'est bien toi. Toi qui t'agrippes à mon cou, plonges dans mes cheveux pour notre jeu préféré. Retrouvailles de miel, dévergondées, sans retenue. Ce trop nous va comme Mano me va, comme cette robe à fleurs te va, comme le soleil va à l'été.

Enfin je te pose à terre tout étourdie, là où, au printemps dernier encore, tu rampais, ta jambe gauche repliée sous les fesses, animal parmi d'autres de l'immensité herbeuse...

Comprends-tu ce que j'attends de toi ?

Tu es droite, bien campée sur tes deux jambes, verticale comme le sont et le pin et le saule et le figuier. Bien plantée toi aussi, plante parmi les plantes, arbre parmi les arbres.

Tu sembles réfléchir intensément à la place que tu occupes aujourd'hui dans cette verticalité à laquelle tu appartiens désormais. Tu tournes la tête vers moi qui souris, t'encourage du regard. Mais toi tu ne souris pas. Tu es sérieuse. Infiniment sérieuse.

Je me dis : À cet instant même, face au soleil, vertical lui aussi, à cet instant même, dans ta robe de coton fleuri, tu sembles incarner à toi seule l'espèce humaine, dont le destin est de se tenir debout.

Plus loin, ta mère, ton père, ta très grande sœur se sont arrêtés, silencieux. Que vas-tu faire ? Tout dépend de ton vouloir, de ta liberté…

Et soudain tu veux bien. Te voilà décidée. Te voilà qui avances, les jambes toujours un peu écartées à cause des couches et pour aider, toujours, à la balance du corps. Tu titubes sur le sol inégal, l'herbe un peu drue, mais tiens bon.

Du pré sauvage tu prends possession. Plus jamais il ne sera le même, ni pour toi, ni pour nous avec toi dedans.

Je me dis : Tes deux jambes potelées réinventent la marche à ses origines.

Ta marche est la nôtre. Celle de l'humanité tout entière.

Faut-il que l'envie soit impérieuse pour que je te sacrifie jour après jour mon sommeil du matin ?

Je t'entends qui appelles, de plus en plus insistante, à l'heure d'ordinaire sacrée où je suis loir, marmotte, hérisson, à l'heure de l'hibernage en plein été. Je devrais te honnir et pourtant je bondis malgré la fatigue.

La récompense est à l'étage, dans la maison endormie. Je monte pour la ravir.

Ton premier sourire est au mât de cocagne. Le décrocher, là-haut, ma faveur quotidienne.

Je croise ton père, déjà en alerte. Je le convaincs de se recoucher. Nous nous regardons. Pensons à la même chose sans doute…

Où est-elle donc, si proche et si lointaine, l'époque où c'était lui qui me sortait du lit, avec la même insistance et le même sourire désarmant ?…

Tu as entendu mes pas. Tu m'écoutes qui viens te délivrer du lit à barreaux, du pyjama mouillé.

J'ouvre la porte. Ma récompense, je la prends au centuple. Mais pour moi, ce matin, je sens un tel sommeil que je te propose quand même une variante : se recoucher ensemble dans mon lit…

« Tu vois, Mano fait dodo. Toi aussi tu vas dormir, d'accord ? »

Je choisis l'air le plus convaincu du monde.

Je ferme les yeux. Tu sais que je fais semblant.

Tu fermes les yeux. Je sais que tu fais semblant.

Pourtant tu prends ton pouce comme si tu allais t'endormir. Les minutes passent. Nous nous surveillons. Un jeu ?

Tu suces ton pouce avec ostentation. Je glisse un regard entre mes cils vers ta frimousse amusée. Un jeu, oui.

C'est toi, cette fois, qui sembles attendre quelque chose de moi pour que le jeu soit égal, jouer pour de vrai… Je cherche. Ne trouve pas. Je cherche…

Au secours, Alice ! Help ! Je trouve : le pouce, bien sûr !

Je tente donc de sucer mon pouce droit puis

le gauche, maladroitement. Un sourire plisse tes yeux. C'était donc cela ! Je t'imite donc, mais j'ai beau vouloir enjamber le miroir, impossible de le traverser. Le verre dur, hermétique, ne devient ni gaze ni brume d'argent brillante. Ai-je un jour sucé mon pouce ?... Aucun plaisir. Une sensation si étrangère... Pire, je trouve le goût franchement mauvais.

« Pouah ! » fais-je avec une terrible grimace.

Tu éclates de rire. Moi aussi. J'ai perdu. Debout, Mano ! N'est pas bébé qui veut.

Tu hurles. Hurles trop. Hurles fort. Beaucoup trop fort. À chacun de tes cris me poussent des piquants. Chaque hurlement me poignarde l'oreille. Tout en moi se hérisse, s'horripile, insupportablement.

Je passe la tête à la porte de la pièce où l'on t'habille après la toilette du matin. La chambre de torture.

Ils ne sont pas trop de deux, ton père et ta mère, pour te raisonner. La persuasion, la fermeté, rien n'y fait. Tu ne veux plus être un bébé qu'on habille. Et moi qui demeure clouée sur le pas de la porte, je te comprends. Comprends ta colère. Ta protestation.

Je t'ai vue hurler de te sentir seule. Je te vois hurler de ne l'être plus. La marche dans le pré sauvage sur l'herbe drue t'a faite autre. T'a fait grandir bien au-delà de ta propre hauteur. Elle a bousculé ton rapport au monde. Tu es autre parce que le monde est autre depuis que tu l'as conquis, debout, sur tes deux jambes, et as marché, droit devant.

Allonge-t-on de force, pour lui tartiner les fesses de crème et lui imposer couche, body, robe, chaussettes, sandales, une personne qui va seule sur ses jambes ?

Impose-t-on l'humiliation du dos à terre à celle qui connaît maintenant la fierté de la verticalité, la puissance de la marche en avant ?

Je devrais entrer dans la pièce, te persuader, te convaincre à mon tour qu'il faut en passer par là, par cette petite indignité, ce retour en arrière nécessaire, tout à fait provisoire, pour peu que tu y consentes, te prêtes juste quelques instants au jeu – ce même jeu pas drôle, ne puis-je m'empêcher de penser, que l'on impose parfois aux vieillards redevenus bébés, malgré eux, eux aussi –, je devrais... Mais voilà que contre toute raison je te donne raison et hurlerais bien avec toi contre cette inconvenance parentale.

Je demeure clouée sur le pas de la porte parce que, une fois encore, je découvre combien mon empathie pour toi bouscule mon propre monde.

Je suis de ton côté, petite. Avec toi je proteste. D'être grand-mère m'y autorise. C'est mon droit, ma chance, mon avantage. Un peu plus, je volerais à ton secours, petite.

Un peu plus, je lui volerais dans les plumes, à mon enfant, ton père qui de force veut te vêtir comme si de rien n'était, comme si le grand frisson de la marche humaine n'avait pas eu lieu dans le pré sauvage, l'herbe drue où tu avançais droite et fière.

Moi, ta Mano, que rien n'oblige, enfin, à la sagesse, et qui l'ai revécu grâce à toi, le grand frisson, je t'aurais bien laissée ce matin aller sans couche, sans body, sans robe, sans chaussettes, sans sandales.

Je t'aurais bien laissée toute nue, debout, faire pipi le long de tes cuisses, dans l'herbe drue du pré pour saluer l'été.

Tout a été si vite, ma mère, que je n'ai pas eu le temps de m'y préparer, à ce nouveau saut périlleux de la mémoire. À cet autre défi du temps et de l'espace.

Quelques secondes seulement…

Sur le chemin du village, trop pierreux et trop pentu pour une si jeune marcheuse, ton petit-fils fait spontanément ce que tout père sait faire : il soulève l'enfant de terre pour l'asseoir à califourchon sur ses épaules, là-haut.

Aussitôt les deux menottes se posent sur le crâne paternel, là où les cheveux se retirent doucement ainsi que la mer à marée basse, comme si cette plage leur était réservée depuis toujours, depuis que les pères sont pères.

Papillons du souvenir, aux menottes de la petite les miennes se confondent sur un crâne de père forcément inoubliable puisque ce père est le mien.

Tu vois, lui aussi est du voyage.

Dans la transmission qui t'est si chère, il a son rôle, sa partition à jouer du côté des hommes puisqu'il vient me surprendre à son tour sur ce chemin pierreux qui mène au village, puisque c'est lui, l'hercule, le géant, qui soudain me porte, me hisse au-dessus des choses.

Là-haut, je suis une reine. Sa reine. De mes talons impatients et ravis je rythme les soubresauts superbes de cette monture de rêve. Elle est mienne comme est mien ce crâne illustre et nu où les années ont déjà dessiné d'étranges reliefs, d'indéchiffrables hiéroglyphes qui le font ressembler à une mappemonde…

« On est bien, là-haut, hein, ma chérie ? »

La réponse se passe de mots : de ses deux pieds la petite laboure avec frénésie la poitrine de son père, tambourine de ses deux mains sur sa tête.

Quant à lui, ma mère, lui ton petit-fils, aussi impétueux et fier qu'un cheval dansant à la parade sur un air de mazurka, il arbore (sans le savoir ?) le même bonheur radieux et entendu que son propre père quand lui aussi servait de monture dans un luxuriant jardin d'Algérie, une image que quelqu'un (moi ?) a immortalisée, le matin même du jour où un homme a marché sur la Lune…

Je suis grand-mère, ma mère, pour admirer le ricochet de ces petites pierres vermeilles sur l'étendue de la mémoire. Les regarder bondir. Rebondir.

Je me dis : Un jour, les ricochets se feront sans moi, mais la pierre que j'ai été sera de la partie.

On dirait une abeille qui sent que le soleil décline.

Tu vas, voles, fougueuse, exaltée. Nous butines, à la hâte, comme pour sucer un dernier nectar connu de toi seule. Titubes de l'un à l'autre, te frottes à nous, pour enduire tes pattes d'un pollen dont tu veux faire ton miel.

Si petite parmi nous tous, parents et amis attendris, qui honorons autant l'été que le plaisir de le partager, tu te sais essentielle. C'est à qui t'aura contre ses genoux, chapardera un baiser.

Tu ne tiens pas en place tandis que nous devisons, distraits par le délicieux désordre de ta présence.

Parfois, tu t'arrêtes, sembles t'intéresser à un propos, à un rire plus appuyé, puis repars, reprends ton intense déambulation, ta récolte secrète…

À la fin, tu jettes ton dévolu sur moi. Grimpes. Comme un chat cette fois tu tournes sur toi-même, te fais ta place. T'installes pour de bon au creux de mes bras. Pas peu fière, la Mano.

Maintenant, tu ne bouges plus. Tu écoutes. Tu suis avec la plus grande attention la conversation en cours, très gaie, animée.

Personne n'imagine que tu attends mais tu attends. Tu attends ton tour. Les éclats de voix retombent. Un ange pourrait bien passer…

Alors, dans le silence, t'adressant à l'assemblée tout entière, tu prends la parole posément. Imperturbable et placide, tu dévides l'écheveau de ton savoir, de ta connaissance. Tu nous proposes la liste complète de tous les mots en ta possession.

« Oleil papa fleu ache ato anane apel hophop mal pié cacapatou delo delo mano miamiam maman oumi sosso laballe dodo ala bébé miè. »

Un bref arrêt pour réfléchir, et, lancé comme l'argument suprême – last but not least :

« Cago ! »

N'est-ce pas ce qui s'appelle « parler pour tout dire » ?

Belle leçon de modestie pour nous autres qui sommes riches de quelques mots de plus…

Mais surtout émotion de pressentir le lieu mystérieux où loin, très loin en amont, se conçoit le langage. D'en frôler – qui sait ? – le Graal.

« *Curiouser and curiouser !* » De plus en plus curieux…

À quatre pattes sur la dalle encore fraîche de la pergola (où le jasmin et le rosier se demandent s'ils veulent bien cohabiter), nous sommes justement, toi et moi, sur les traces des « cagos ».

Le lapin blanc d'Alice, superbement habillé cette fois, avec ses gants de chevreau et son grand éventail, le lapin blanc aux yeux roses est forcément passé par là pour qu'à quatre pattes, *down, down*, je me retrouve. Je ne connais pas d'autre éventail capable de rétrécir les filles, et encore moins une grand-mère, une Mano d'un mètre soixante-dix !

C'est l'heure où la maison dort mais où le cago s'éveille. Aujourd'hui la chance est avec nous. Je pousse un cri. Tu te précipites : un gros escargot se traîne vers le bas du mur, suivi d'un tout petit.

J'y vais de ma leçon de choses devant cette vision édifiante de la maternité animale, en profite pour te chanter « À l'enterrement d'une feuille morte deux escargots s'en vont », histoire de t'initier à Prévert, et t'enjoins à chercher, pour la maman cago et son bébé, quelques feuilles bien tendres, bien humides de rosée.

Les cagos passent leur chemin, insensibles à nos friandises. Un peu vexées, nous nous rabattons sur d'éventuelles « oumis ».

Une minuscule fourmi esseulée fera l'affaire.

Je te soumets une astuce pour l'attirer : une miette de miel cristallisé. Tu plonges le bout de ton doigt dans le pot, le retires, hésites, pleine d'envie, mais, stoïque, déposes comme convenu, sur une pousse d'herbe choisie avec minutie, le petit cristal de miel qui brille au soleil.

À plat ventre maintenant, nous nous tenons aux aguets.

Curiouser and curiouser.

À nouveau l'enchantement de l'infiniment petit.

Réduite à tes dimensions, je redécouvre le jardin. Il n'est plus le même et c'est pourtant lui. De là où je suis, vu du dessous, à ras de terre, tout est si différent… Comme pour le manège à Paris, tout se transfigure, les moindres aspérités dessinent un relief lunaire. La voûte des fleurs au-dessous de nos têtes : une cathédrale ; le gazon qui prolonge la dalle : un infini océan de verdure où les oliviers semblent flotter comme d'immenses paquebots avec leurs mâts tordus.

À nous deux, nous formons un bizarre animal, il est vrai. Une bestiole à deux bouches, quatre yeux, huit membres, qui se tortille de plaisir et d'impatience. Un animal inédit de la Création dans un paysage inédit lui aussi puisque avec quatre yeux je le regarde. Je suis trop bien ainsi, vois-tu, petite fille, pour ne pas penser que ce paysage ne m'est pas tout à fait inconnu, même dans son étrangeté, mais ce qui me surprend davantage, c'est le ravissement qu'il me procure.

Je suis ravie comblée mais aussi ravie enlevée. Ravie à moi-même. Rapt consenti. Je veux bien, d'un coup d'éventail emprunté à un lapin blanc, pouvoir ne désirer devenir autre chose qu'un être vivant observant un autre être vivant : une fourmi, une oumi qui se dirige sur un brin d'herbe qui fleure bon le sucre.

Rien d'autre ne compte que cette attente à deux où je me perds, délicieusement, au point de douter de n'être pas moi-même un cago, une oumi, ou une enfant pas plus grande que celle qui, avec moi, collée à moi sur la dalle fraiche d'une véranda, où le jasmin le dispute à la rose, se demande si la oumi va, oui ou non, lui dérober son miel.

Tu es loin d'imaginer toutes les pensées qui me traversent, toi qui n'en as qu'une seule à l'instant, très précise. Tu me le rappelles en poussant un cri à ton tour : la oumi s'est approchée du trésor. Avec ses pattes avant, elle s'arc-boute et à reculons s'évertue à s'emparer de l'herbe pour l'emporter vers son nid, une pousse si grande – au moins quatre fois son corps – qu'elle perd l'équilibre à plusieurs reprises. On la croirait saoule, la oumi.

Tu me regardes pour savoir s'il faut rire. Je ris. Alors toi aussi. Je ris parce qu'une fourmi qui tombe sur le derrière, c'est drôle. Je ris parce que ce qui est drôle c'est d'avoir oublié à ce point qui et où l'on est, sans pour autant, comme Alice, se noyer dans ses propres larmes.

Regarde-moi, petite fille, regarde comme elle s'amuse, ta grand-mère, ta Mano à plat ventre devant sa fourmi saoule !

Ton œuvre, cette métamorphose ? Bien sûr, ton œuvre ! Qui d'autre que toi aurait ce pouvoir ? « *Was I the same when I got up this morning?... If I am not the same the next question is : who in the world am I?…* » Est-ce que j'étais bien la même quand je me suis levée ce matin ?… Si je ne suis pas la même, qui diable puis-je bien être ? s'inquiète Alice, qui n'en peut plus de grandir et de rapetisser.

Je me dis : Et moi, qui diable puis-je bien être ?

Le plus bizarre est que la réponse, je n'en ai plus besoin. *Curiouser and curiouser…*

Fin d'été. Fin du jour.

Je me suis mise à l'écart : le soleil se couche.

Les précieux instants avant sa disparition derrière le pan de montagne, je les veux pour moi seule. C'est ainsi. Mon histoire entre le soleil et moi.

Je ne t'ai pas vue venir. Je ne t'ai pas entendue t'approcher de mon fauteuil. Tu es là devant moi. Réclames mes bras.

« Tu veux un câlin ? »

C'est oui…

Je te soulève, te prends sur mes genoux. Mon dos est douloureux : je t'ai portée beaucoup aujourd'hui. Trop. Je suis fatiguée. Tu m'as fatiguée.

Je te le dis :

« Mano est fatiguée, ma chérie ! Et puis je voudrais bien voir le soleil qui se couche. Alors tu ne bouges pas, d'accord ? »

As-tu compris ? Tu t'appuies contre moi, prends ton pouce sans un mot. Je retourne à ma contemplation sans trop d'espoir qu'elle dure…

Dans une minute, tout au plus, ce qui reste du soleil va basculer de l'autre côté du paysage.

Le ciel s'imprègne des teintes roses et or de ses derniers feux. Tes yeux fixent le même horizon que moi.

Vois-tu ce que je vois ?

Ton silence étonnant me donne envie de sortir du mien.

« Regarde le soleil, ma chérie, il va descendre, descendre, et puis… partir ! Il reviendra demain ! »

Tu ne réponds pas. Tu regardes intensément.

« C'est beau, hein ? »

Pas de réponse, mais tes yeux écarquillés prennent les lueurs du ciel.

Je me dis : Que veut dire « beau » quand on a dix-sept mois ?

Le bord de l'astre en braise imperturbablement se réduit, se réduit encore. Le soleil n'est plus qu'un monticule, un minuscule quartier d'orange sanguine, pourpre.

Tu te raidis. Tu as lâché ton pouce. Ta menotte sur ma main se crispe. Tout ton petit corps est tendu. Oui, tu vois ce que je vois.

«Attention !»

Plus que quelques secondes…

Cela ressemble à un jeu. Trois petits tours et puis s'en vont. Pourtant tu le sais, tu le sens, c'est beaucoup plus qu'un jeu. Se pourrait-il que tu sois comme moi émue ?

Ces secondes nous emportent bien au-delà du fauteuil, du jardin, de la crête empourprée. L'infini nous emporte. L'univers est à nous. Nous sommes l'univers.

Une seconde encore…

Voilà.

Au revoir, le soleil.

Ensemble nous frissonnons, de quelque chose, dans l'air du soir.

Je les attends sur le palier, tu sais ? En haut du grand escalier de la maison, à Paris.

Je les écoute qui montent les marches.

C'est la première fois qu'elle les grimpe ainsi, ton arrière-petite-fille, sur ses deux jambes, peinant un peu, j'imagine, agrippée d'une main à celle de son père, de l'autre à la rambarde en bois.

Ton petit-fils accompagne de la voix cette escalade qu'il a lui-même vécue, éprouvée dans ses jambes de petit gars, sa main dans la mienne ou celle de son père, avec sans doute la même fierté à la maîtriser davantage, année après année, jusqu'à devenir à son tour le père qu'il est aujourd'hui, si grand.

Soudain je me vois, peinant moi aussi, dans un escalier de bord de mer, avec ma pelle, mon seau rempli de coquillages au retour de la plage et mes plaintes, les « c'est lou, c'est du ! » à chaque marche…

Puis, juste avant de les voir apparaître, du palier me traverse encore la vision fulgurante de celui devenu le grand-père du portrait au fusain, que l'absence de souffle crucifiait à chaque pas de cette ascension douloureuse…

Enfin, c'est toi, ma mère, qu'en l'espace d'une seconde je revois monter, le corps tordu d'effort, titubante d'épuisement, de fatigue, pâle, si pâle, moi impuissante à faire quoi que ce soit pour toi, pour que ce soit un peu moins « lou », un peu moins « du », toi effondrée devant l'évidence : « Je crois que c'est la dernière fois, ma chérie… la dernière fois que je peux… je peux monter… jusqu'ici ! », et nous deux, en larmes, enlacées, sur ce même palier, et…

« Mano Mano Mano Mano Mano ! »

Joie.

À peine entrée, tu t'élances dans la maison, te précipites sur le premier mur venu, et, de tes deux mains nues, tambourines ta joie.

À cette maison aussi tu veux dire bonjour. À elle aussi montrer ton bonheur de la retrouver.

Nous nous regardons, ton père et moi. Même pensée amusée. Lui aussi saluait ainsi les maisons ou les lieux qu'il aimait en remerciant les murs…

Nous te laissons accomplir le rituel et te débarrassons de ton petit manteau, de ton bonnet.

Je souris à ma crainte – une fois de plus inepte – que cette maison tu aurais pu ne pas la reconnaître après plus de trois mois d'absence…

À l'entrée du grand salon, tu t'arrêtes.

On dirait qu'il te faut d'abord le saisir dans son entier, sa totalité. Tu l'embrasses du regard, mais à voir tes yeux on se demande si tu ne l'embrasses pas tout court, d'un vrai baiser d'amour.

Oui, tu la reconnais, mieux : tu la retrouves, la maison de Paris. Tu repousses gentiment ton père vers la sortie : « Ata* ata papa ! », et, tout aussi gentiment, mais fermement, refermes la porte sur lui. Je l'entends rire dans l'escalier…

« Enfin seuls ! » ou quelque chose comme cela, « on a du pain sur la planche, nous ! » ou quelque chose comme cela, c'est ce que je t'entends penser. Je ne me trompe guère…

D'abord, exploration générale. Pas question pour moi d'être à la traîne : je dois te suivre, pas à pas.

Tout est vérifié : la place des meubles, la présence des objets, répertorié un à un, et auxquels je dois donner un nom s'il n'est pas encore dans ton vocabulaire. Réappropriation. Retrouvailles.

Tu t'attardes sur l'« arbre » et ses deux perroquets avec leurs bananes, « oiso oiso anane », sur les orchidées, « fleu », le cendrier en forme d'abeille, « beille », et toutes les lampes, « mière », une à une.

Tu tournes et retournes, inspectes, à la fois exaltée et consciencieuse. Soudain, pause.

* « Au revoir », en letton.

« Cago ? demandes-tu d'un ton sérieux.

– Ah ! Non ! Les cagos, c'est dans la maison du Sud ! Ici, il n'y a pas de cagos ! Pas de jardin ! Les cagos, c'est l'été ! »

Instant d'indécision, de profonde méditation. Nous revois-tu, sous la véranda en fleurs, à quatre pattes, à huit pattes, donnant à manger à la famille cago ?

Le cago est-il une métaphore pour dire notre exploration commune du jardin à l'heure où la maison dormait ?

Je m'attends à une protestation. Rien. Tu réfléchis…

Je donnerais cher, si cher, pour entrevoir ce qui se passe, là, juste là, me promener, traverser avec toi, ma main dans la tienne, le fil mystérieux de ta pensée !

Puis, changement de programme.

Comme si l'absence de cago tout à coup te confrontait à la réalité d'un ici et d'un ailleurs, d'un avant et d'un après, tu réclames mes bras, me rejoins sur le canapé et, avec une frénésie que j'ai du mal à réfréner, te mets à sauter, rouler, te renverser ainsi que tu le faisais lorsque tu tenais à peine debout.

« Oin oin ! »

Tu fais semblant de pleurer. Tu imites, entre deux rires, tes pleurs de bébé, du bébé que tu as été quand tu ne marchais pas, quand tu batifolais sur le canapé. Tu joues, rejoues pour moi l'autrefois, ton autrefois à toi, ton passé.

Tu mets en scène une autre toi-même. Le cago est devenu souvenir, passé.

Tu te souviens !

Tu as bien compris qu'entre cette maison que tu as quittée il y a plus de trois mois et celle d'aujourd'hui, entre la maison du Sud et celle de Paris, quelque chose a changé que nous appelons « temps ».

Tu me fais savoir, délicieuse petite funambule, que toi aussi, toi déjà, tu disposes de souvenirs, avec lesquels, autant que moi, tu peux t'amuser car ils sont tiens, du haut de tes dix-huit mois. Ils sont tiens. Cette évidence me bouleverse, moi qui, depuis ta naissance, cherche à retrouver mes propres souvenirs, mes souvenirs « miens » d'avant le souvenir. Images d'emboîtement. Infini de poupées russes.

Toi qui si savamment distingues le passé du présent, ainsi que je l'ai peut-être moi-même fait, pourrais-tu me dire, s'il te plaît, où tu vas les ranger, ces souvenirs, dans quelle cache précieuse, quelle poupée russe de ta mémoire ?

Tu n'es pas obligée, bien sûr.

Il faudra que je te demande si notre coucher de soleil, tu t'en souviens aussi !

Aujourd'hui, ni manteau ni bonnet. L'été indien nous joue sa farce habituelle : Paris baigne dans une chaleur, une lumière miraculeuses. Cela se fête, n'est-ce pas ?

Ton Ala absent ce dimanche, je décide d'un déjeuner dehors, au restaurant. Le mot « restaurant » ne te dit rien mais je ne t'ai jamais vue refuser une proposition, du moment que je m'enthousiasme, que j'y mets assez d'appétence.

Dans ce quartier où le bébé est, comme on dit, plutôt « tendance », les landaus et poussettes s'alignent en terrasse au premier soleil.

Je demande une table pour deux.

« Pour deux ?

– Pour deux. »

Je t'arrache de ton « carrosse » (expression de ton père qui en dit long sur la petite princesse que tu es) et je t'installe, en face de moi.

Tu sembles ravie. Quant à moi, j'hésite entre la jubilation devant cette mise en scène inédite et l'appréhension d'avoir préjugé de tes aptitudes car, autour de nous, les enfants d'à peu près ton âge, solidement sanglés dans leur poussette, en sont plutôt aux petits pots-cuillère.

Cette différence ne t'est pas indifférente. Tu apprécies visiblement l'honneur que je te fais et me le prouves aussitôt : tu te tiens bien droite sur ta chaise (rehaussée d'un deuxième coussin), tes mains posées sur la nappe blanche, et acceptes sans protester l'idée de la serviette sur ta salopette.

Le jeune serveur, surpris autant par la singularité de notre couple que par ton étonnante placidité, prend notre commande de filet de poissons vapeur et de légumes frais…

Premier déjeuner entre filles. Premier tête-à-tête grand-mère/petite-fille. On ne mesurera pas laquelle est la plus fière.

De lui-même le serveur troque l'immense fourchette contre une plus petite et t'approche au plus près de la table. Il a tout compris.

Au début, je surveille chacun de tes gestes. J'envisage la multitude de catastrophes possibles pour ce repas à haut risque, puis j'oublie.

J'oublie, car maintenant se passe quelque chose

que j'imaginais impossible, une chose plus surprenante encore que pour Alice le dialogue avec un lapin blanc, un moucheron ou une licorne : tu me tiens la conversation. Avec le peu dont tu disposes, avec tes rudiments de langage, tu me tiens la conversation.

« Apeumaboumatêmano ! me racontes-tu entre d'autres mots, ceux-là totalement incompréhensibles.

– Qu'est-ce que tu dis, ma chérie ? »

Et vient une autre phrase tout aussi complexe d'où j'extrais « boummaatêapeu ».

Sais-tu qu'il te manque des mots ? Cherches-tu à combler ces vides, à les remplir, pour en faire un ensemble, un tout qui ressemble à une phrase ? Ou bien la part incompréhensible pour moi a-t-elle un sens pour toi ? Pour toi seule ? Comment savoir ?

Je me raccroche à ce que je connais, comme si tu me parlais dans une langue en partie étrangère mais une langue quand même.

« Je ne comprends pas, chérie. Explique encore, tu veux ? »

Je te vois désemparée de n'être pas comprise. C'est important ce que tu cherches à me dire, très important, pour toi, que je sache, que je partage ce que tu cherches à me dire.

Donc tu reprends, patiemment, cette fois en désignant ta tête. Tout s'éclaire enfin.

« Ah ! Tu es tombée sur la tête ! Tu as eu mal ! Tu as eu peur ! C'est cela ? »

Tu me souris. Oui. Oui, c'est cela.

Alors je te réponds. Et tu fais oui, à nouveau, à chaque phrase de moi commentant cette douloureuse épreuve de ta petite vie.

Nous conversons…

Et me voilà repartie à travers le miroir. Hop ! Dans l'avenir cette fois car je vois déjà tous nos tête-à-tête, tous nos déjeuners jusqu'au plus lointain des lointains. Je me dis : Cette conversation est la première d'une longue suite probable de conversations semblables où la grand-mère que je suis – de moins en moins jeune – et la petite-fille que tu es – de plus en plus grande – ne seront guère différentes pourtant d'aujourd'hui. Je pense à d'autres maux, d'autres peurs que la vie te réserve – ta vie de femme – forcément et à la nécessité soudain absolue que je sois toujours là pour les entendre, les comprendre, dans n'importe quelle langue.

Nous conversons jusqu'au dessert. Puis le trop bon fromage blanc avec un coulis de framboises se déguste en silence…

Le soir, à la maison, sans la moindre difficulté, ton faux-vrai grand-père Ala est devenu Uli. Tu lui donnes enfin son vrai nom. Ce sera son dessert à lui, au goût de framboise.

Tu ne veux pas. Non. Tu ne veux pas.

Tes pleurs, tes « Mano ! » me déchirent. L'idée que tu cries par ma faute m'est insupportable. Le moment de la sieste est le seul où nous nous opposons. Je l'appréhende. Je le déteste. Tu le sais. Mes anciens réflexes de mère ne me sont d'aucune aide. Je suis une grand-mère. Être grand-mère est ma faiblesse. Tu en profites. Tu as raison.

Je cède à tes appels. Tu penses avoir gagné. Je viens vers toi pour te gronder.

Debout, derrière les barreaux blancs de ton lit : ton sourire qui désarme. Je dis « Coquine ! » sans conviction. Ce « coquine » a tout l'air pour toi d'un aveu d'échec. Tu souris plus encore. Je fonds. Trouver un compromis. Au plus vite.

Tu tends déjà les bras. Je dis :

« Non ! Non, ma chérie, il faut dormir ! »

Tu n'y crois pas. Tu as raison. Tu en profites. Help ! Alice !

Tu attends que je me décide à te prendre. Je résiste.

La chenille bleue qui fume son narguilé, « *the caterpillar* » au pays d'Alice, la spécialiste des métamorphoses, vient à mon secours : « *Keep your temper* », me conseille-t-elle. Ne te mets jamais en colère.

Est-ce elle qui me souffle la solution ?

Je m'allonge au pied de ton lit blanc. Me recroqueville sur la moquette en te tournant le dos.

« Si tu ne veux pas dormir, moi, je dors ! » dis-je, calmement.

Tu me regardes certainement avec effarement. La curiosité l'emporte sur ton refus.

Mais qu'est-ce qu'elle fait, cette Mano recroquevillée sur le tapis ?

Je ne bouge pas. Respiration lente, paisible.

Je pense que tu hésites. Tu as dû t'assoir. Me surveilles.

« Mano ?

– Je dors, ma chérie…

– Mano ? »

Je ne réponds pas. Silence. Les minutes passent. Je n'ose pas bouger.

Plus un bruit.

Mais qu'est-ce que je fais là, en effet ?

Rien. J'attends. J'attends que tu t'endormes.

J'ai tout mon temps.

Je me dis : Quel luxe, pour nous deux, que ce temps sans contrainte ! Tu vas t'endormir parce que j'ai tout mon temps. Le temps, notre allié, notre ami.

Un temps interdit aux parents parce qu'ils sont dedans, empêtrés bras et jambes. Et moi, un peu dehors, décalée, bien plus libre de mes mouvements, dégagée du devoir, des obligations, dans la fantaisie pure du temps retrouvé.

Temps bijou d'une grand-mère avec sa petite-fille…

Plus un bruit.

Enfin je tourne la tête vers toi… Tu es recroquevillée, comme moi, dans ton lit blanc. Comme moi respiration lente, paisible. Tu dors.

Nous sommes deux chenilles dans la chrysalide du sommeil.

Je ne lui ai pas encore vraiment parlé de toi. Juste un peu. Je guette le bon moment. Il viendra.

En attendant, je te parle d'elle, reprenant, six ans après ta mort, ta mort choisie, le fil d'un monologue que cette vie nouvelle inspire, presque naturellement. La naissance et la mort, insistais-tu – pour donner à tout prix de ta mort imminente l'image la plus douce –, participent d'une seule et unique aventure. Tu disais vrai.

Toi qui m'as si bien appris à ne pas te pleurer, tu me manques aujourd'hui. J'aurais voulu que tu me voies grand-mère, ma mère.

J'aurais voulu que tu me voies, avec la petite sur les genoux, quand son père épousa sa mère, car alors, transmission oblige, nous aurions revisité ensemble cette scène insolite d'un bébé assistant à la noce de ses parents, comme mon propre enfant, ton petit-fils, l'a vécue, depuis tes genoux sans doute, tes genoux bien sûr…

Tu l'aurais aimée, cette image que tu n'auras jamais de moi et que j'arborais, cette vision d'un bonheur qui ne se compare à aucun autre d'une femme pour qui l'amour a ricoché, déjà, et répercute sur la surface de vie, déjà, l'écho de son passage et de sa présence.

Davantage que l'enfant, l'enfant de l'enfant ne vous rend-il pas immortel ?

Ton regard sur moi maintenant me manque pour discourir gaiement sur cette rare aventure de femmes que nous n'aurons pas partagée toi et moi.

Et puis me manquent aussi les innombrables réponses à toutes les questions que j'aurais voulu te poser sur le bébé que je fus, ce bébé que je retrouve parfois quand le miroir aux merveilles le veut bien.

Je bute sur ces non-réponses, ces coupures d'une transmission forcément imparfaite.

La semaine passée, je me suis surprise – tout naturellement, encore – à « faire l'omelette » sur la cuisse potelée de la petite blottie contre moi, à battre du bout des doigts la chair tendre comme on bat des œufs pour une omelette de rêve. L'omelette, tu te souviens ?

Eh bien, impossible de savoir si l'« omelette » qui m'amusait tant était une invention de toi ou de mon père. Si c'est à lui ou à toi que j'en réclamais la faveur, ou aux deux… Et mille autres questions du même genre, aussi infimes qu'essentielles. Essentielles parce que infimes ?

Rire de tout cela avec toi, ma mère.

En ce moment, c'est ton langage qui m'éberlue le plus. À peine l'ai-je absorbé qu'il me faut en apprendre un autre, me remettre à niveau. M'adapter. Te suivre. Les semaines s'enchaînent et ne se ressemblent pas.

Dernièrement, sur le modèle de notre discours d'adultes, tu as inventé une langue intermédiaire avec laquelle j'ai passablement pataugé, sentant plus d'une fois ton désappointement devant mon manque de répondant. Il n'est pas impossible, même, que je t'aie quelque peu déçue.

Maintenant, nous entrons dans une phase plus confortable. Finie, l'approximation. Tu as besoin des mots dans leur vérité, leur exactitude. Tu as besoin de moi, d'une Mano qui semble s'y connaître un peu et dont la patience ne t'est pas passée inaperçue…

Ton plaisir : répéter en boucle tout mot nouveau venu. Mon plaisir : voir entrer dans ta mémoire le monde en marche, avec le ravissement qu'on éprouve devant la perfection d'un mouvement d'horlogerie, car ce qui est dit est dit, et ce qui est dit s'inscrit. Magie de cette belle, somptueuse mécanique de l'intelligence.

Et la répétition étant le principe même de ton apprentissage, tu trouves normal – et moi donc ! –, quand on te demande « Comment tu t'appelles ? », de répondre sans vergogne « Apel » puisque c'est ce que tu viens d'entendre.

« Apel » est ton prénom.

« Bo le apin ! »

Le jugement est tombé : le sapin est beau ! C'est justice. Je me suis surpassée cette année avec les vraies bougies de cire à l'ancienne, venues d'Allemagne par colis spécial.

Tu as fêté Noël en Lettonie, nous te fêtons, ici, dans la maison du Sud.

Ces quelques jours où tu nous es confiée augurent bien de l'an nouveau, avec toi dedans.

« Bo le feu ! » récompense ton Uli, qui a coupé et transporté le bois.

Tu n'es pas avare de compliments, mais surtout je note que « bo » désigne bien le beau pour la très jeune esthète que tu sembles être.

Que tu paraisses sensible à la beauté m'enchante, et pour te le prouver je te laisse fouiller, farfouiller dans la corbeille à bijoux de ma chambre, les bijoux de l'été dont tu te pares de la tête aux pieds, au point de plier dangereusement sous leur poids.

Je profite de ta frénésie décorative pour mettre de l'ordre dans mon manuscrit, un stylo à la main. Tu viens vers moi pour te faire admirer, dans un cliquetis de métal et de perles. Je m'esclaffe. Tu apprécies.

Maintenant tu manges des yeux ma table, pleine d'autres trésors possibles.

« Ne touche à rien, chérie ! »

Sens-tu que ce lieu m'est plus précieux que la corbeille à bijoux ? Tu ne bouges plus. Debout, garnie comme le sapin de Noël. Le moment est-il arrivé ?... L'occasion serait-elle venue pour moi de te parler du livre dont le manuscrit en cours est là, précisément, sur cette table ?

Je suis presque intimidée à cette idée.

N'est-il pas juste de te dire, de te confesser que ces feuilles te concernent ? J'hésite puis me lance :

« Tu vois, ma chérie... Eh bien j'écris un livre sur toi... Sur toi et moi. Sur nous deux ! C'est notre livre ! »

Tu me regardes. Je répète la phrase. Tu m'écoutes, sérieuse. Très sérieuse. Que comprends-tu ? Tu continues de me regarder avec une intensité si particulière maintenant que je peine à l'interpréter. Grand, long silence. Je n'aurais peut-être pas dû. Vingt-deux mois… C'est trop tôt ! Beaucoup trop tôt !

Soudain, tu désignes une feuille.

« Tu veux du papier ? »

Tu fais oui de la tête.

Je te donne donc un bout de papier.

« Tu veux un crayon ? »

C'est oui.

Je cherche un crayon…

Non. Non de la tête. Tu désignes mon stylo, celui que j'ai à la main.

« Celui-là ? C'est celui-là que tu veux ? »

Oui. Celui-là même.

Alors, soigneusement, munie de mon stylo, bien trop grand pour tes petits doigts, tu commences.

Je contemple, médusée, tes griffonnages. Tu t'appliques. Prends ton temps. Malgré ton inconfort, la lourdeur du stylo, l'enchevêtrement des colliers et bracelets qui entravent tes mouvements, tu t'appliques, appuyée sur le coin de table. Tu as quelque chose, quelque chose d'important à écrire en cet instant, cet instant précis.

Je suis si émue que je suis sans émotion. Une

fois de plus : j'attends. C'est tout. Sans trop y croire. Voilà, c'est fini. Tu as fini. Tu me tends le bout de papier.

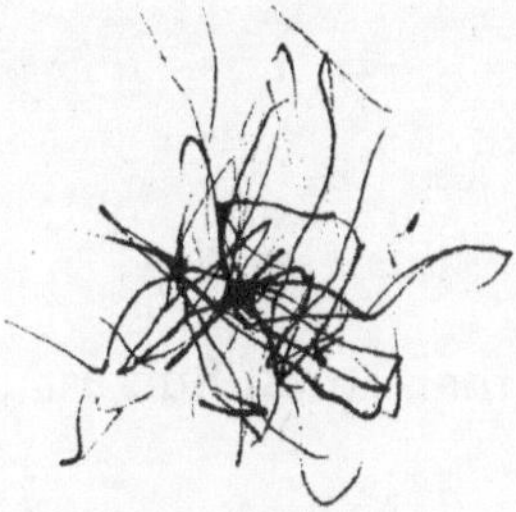

« C'est pour moi ? »

Oui. Oui de la tête.

« Je le mets où, ma chérie ? »

Tu montres le manuscrit.

« Là, avec mes feuilles à moi ? »

Oui. Avec mes feuilles à moi. C'est cela même que tu veux…

Allons, Mano ! Voyons… c'est évident ! N'est-ce pas *notre* livre ?

L'hiver, la maison du Sud est une autre maison.

Je t'explique :

« Il fait froid, tu comprends. Les cagos dorment. Ils font dodo au fond de leur coquille.

– Gla gla ! » conclues-tu, réaliste.

Oui, glagla.

Inconvénients : pas de baignade, pas de hamac, ni de roulades sur le gazon.

Avantages : le feu de cheminée et la perspective annoncée que nous dormions ensemble, toi et moi, dans l'immense lit de la chambre de papa et de maman, là-haut.

Deuxième nuit donc, là-haut, et, pour moi, encore l'étrangeté de ce petit corps près du mien si fondamentalement endormi, bien plus endormi qu'un corps d'adulte qu'un rien réveille, et cependant si léger, si doux.

Je sursaute. Tu as crié. J'allume la lumière.

« Ado papa ! répètes-tu dans ton sommeil. Ado ! papa ! »

Les cris se font suppliants puis pleins d'angoisse :

« Ado ! Ado ! »

Je caresse tes cheveux.

« Tu fais un mauvais rêve, ma chérie ! Tout va bien ! Tout va bien ! »

Tu te retournes, me regardes, te rendors calmement.

Je demeure les yeux ouverts dans le noir…

« Ado : donne. »

Qu'est-ce donc que ton père ne voulait pas te donner ? Que t'a-t-il refusé pour que le rêve devienne cauchemar ?

Je repense à tes cris, petite fille, à tes supplications, à cette vraie angoisse que le refus de ton père déclenche, au décalage sans doute inouï, impossible à relativiser, entre l'objet de ton désir – qui n'est peut-être qu'un « ato », un gâteau, ou quelque chose d'équivalent – et le drame qu'il provoque.

Savons-nous vraiment ce que tout cela représente pour un bébé de vingt-deux mois ?

Je me dis : Mais où va-t-il se nicher, ce drame ? Dans quel recoin, là encore, de ta mémoire ?

Resurgira-t-il un jour, et si oui, comment ? Ou bien nourrit-il, tout simplement, en toi et pour toujours, le terreau de la colère et de la mélancolie ?

Difficile de se rendormir…

Au petit matin c'est moi qui appelle au secours. Je crie, je pleure dans les ruines de Paris bombardé comme ces derniers jours, dans la réalité, la ville de Gaza.

À chacune son cauchemar, n'est-ce pas ?

Tu hurles. Hurles trop. Hurles fort. Beaucoup trop fort. À chacun de tes cris me poussent des piquants. Chaque hurlement me poignarde l'oreille. Tout en moi se hérisse, s'horripile, insupportablement...

Oui, mais cette fois c'est moi qui t'habille.

Revisitée ainsi, la scène est différente. Le rôle que j'y joue, infiniment moins gratifiant que l'été dernier quand je me retenais de venir te sauver de tes parents confrontés aux mêmes réjouissances.

Tu ne veux pas, ce matin non plus, être un bébé qu'on habille, mais c'est à moi que tu le dis, et sans ménagement.

Me faire cela à moi ! Ta Mano !

Vexée. Je suis tout bonnement vexée, vois-tu ?

Donc, fermeté. Fermement je t'emprisonne,

bras et jambes, pour te vêtir, et sans ménagement.

C'est l'affrontement. Premier vrai affrontement.

Ton coup de griffes sur ma joue, je ne l'ai pas vu arriver. Inimaginable, un coup de griffes de toi, forcément.

Et la forte tape sur ta main en retour, tu ne l'as pas vue arriver non plus. Inimaginable, une forte tape de moi, forcément, et encore plus cette grosse voix qui gronde venue d'un pays inconnu qui n'est certes pas celui des merveilles et encore moins des vermeilles…

Effarement. L'effarement de part et d'autre.

Ta bouche mange ton visage. Elle prend une forme carrée, qui grandit, grandit encore.

Tu es bouche carrée. Tu es cri, mais surtout, de tes yeux dilatés par l'incompréhension fixés sur les miens, je vois sortir, puis rouler, deux larmes énormes. Deux larmes pour me noyer?

Je me noie. Me noie dans tes deux larmes, aussi sûrement qu'Alice dans les siennes. Une vraie mare: «*a large pool reaching half down the hall*», une mare profonde qui s'étend jusqu'au milieu de la pièce.

Sortir de là, au plus vite. Arrêter le flot. La bouche carrée.

« Non, non ! Mano n'est plus fâchée ! Plus fâchée du tout ! »

Je te prends dans mes bras, te serre contre moi.

« Mano te fait un bisou, un gros baiser, tu vois ! C'est fini ! Là, là… ! »

Comment réparer ?

Moi qui me voulais à la bonne distance, ni nounou ni mère, à la place unique et privilégiée… Moi qui me voulais grand-mère, rien d'autre que grand-mère, qu'ai-je donc fait ?

Et toi, toi dont la menotte exquise n'était que caresse, d'où vient qu'il te pousse des griffes ?

Alors nous nous expliquons, toi avec tes arguments, moi avec les miens. Nous revivons la scène jusqu'au câlin final. Partageons le regret. Ta colère. Mano fâchée. Ton coup de griffes sur ma joue. Ma tape sur ta main. Et surtout, surtout, le baiser final. Important, le bisou. Essentiel, le baiser.

À ton Uli tu veux faire le récit de ce regrettable épisode de notre histoire commune. Il nous faut un témoin. Et à nouveau tu joues. Tu mimes pour lui la scène, jusqu'à l'embrassade, le baiser d'amour, le happy end :

« Aché Mano ! Iffé Mano ! Tap ! Tap ! Isou, isou ! »

Plus tard, la journée sera parmi l'une de nos plus belles passées ensemble.

Le soir, au coucher, tu récapitules les moments forts du jour, les bons et les mauvais. Le coup de griffes et la tape sur la main y sont.

Ce nouvel an prolongé dans la maison du Sud, ta présence de tous les instants nous permettent, à ton grand-père et à moi, d'apprécier l'intensité, la rapidité de tes progrès. C'est en heures qu'ils s'évaluent, minute après minute que nous constatons tes bonds en avant.

Le spectacle de tes transformations, aux variantes infimes, seules une attention, une vigilance extrêmes permettent de l'apprécier.

Par moments, encore une fois, un geste de toi, une façon de dire m'envoient sans prévenir en arrière. Je suis avec ton père. Je retrouve intacts ses raisonnements, ses expressions de bébé. Par moments, à l'inverse, c'est l'inédit. Il me semble avoir tout oublié de la mère que j'ai été. Tout est à découvrir. Tout est nouveau.

Est-ce à cause de l'enfermement, du vase clos

de l'hiver ? Depuis hier, par exemple, je vois bien qu'il se passe encore quelque chose, avec le langage. Tu t'essayes à ne plus répéter. Répéter n'a plus ta préférence. On dirait que tu veux sortir, te libérer de la répétition, ouvrir ton savoir à tous les mots possibles comme on ouvre une fenêtre ou une porte. Respirer l'air pur de mots nouveaux dont je suis le guide.

Je conduis tes pas dans les alpages, les crêtes du vocabulaire. Nous sommes encordées. Montons au même rythme, nos souffles confondus, vers les cimes du lexique.

« Tiens ! Il neige ! Tu as vu, ma chérie ?

– Bo la neige Mano ! »

Et nous poursuivons l'ascension.

Elle s'est endormie. A sombré d'un coup, entre la maison et la gare, dans son petit siège à l'arrière de la voiture.

Nous rentrons à Paris où ses parents l'attendent avec impatience. J'écoute le silence que son sommeil profond nous octroie, après toutes les clameurs de ces jours passés en sa compagnie.

Quelle fatigue, ma mère !

La fatigue… Ton pire ennemi. Tu la craignais tant qu'elle t'a poussée à partir avant qu'elle ne te terrasse, qu'elle n'ait raison de tes dernières forces…

Bien sûr, ma fatigue à moi, entre la maison et la gare, ne se compare pas, mais quand même. Elle me fait mesurer qu'entre la mère que je fus et la Mano que je suis, du temps, beaucoup de temps, a passé ! Quarante années ! Je n'en reviens pas.

Je suis fourbue.

Plus harassante que la marche, plus exigeante que la nage, l'enfant de l'enfant m'a épuisée, vidée de mon contenu.

Mon corps, ma tête, elle les a habités comme on habite une maison. Six jours et cinq nuits elle a élu domicile en moi, pris possession des lieux. M'a délogée, corps et âme.

Envahie, squattée. Comme le cago sa coquille.

Je suis coquille vide.

Je m'interroge sur cette fatigue-là. Elle ne peut pas être que physique. Je me dis : On dirait celle d'un très long et lointain voyage, quand le repos n'est pas permis, quand tous les repères bougent.

La fatigue du dépaysement, peut-être ?

Oui. Cette craquante coquine me dépayse.

Ces allers et retours dans le temps, ces explorations du passé, de l'avenir, ces va-et-vient dans la mémoire, ces caprices du souvenir, cette navigation dans l'espace où le corps se transforme, change de taille, d'âge, de point de vue, ces métamorphoses où l'âme et le corps valdinguent, désorientés, ces plongeons incessants de part et d'autre du miroir d'Alice, bref, tous les hop ! hop !, ce sont eux qui forcément m'éprouvent, m'éreintent, à la limite du surmenage. C'est tout.

Une bonne fatigue quand même ?

Bien sûr, une bonne fatigue, une délicieuse fatigue, ma mère ! Rien à voir avec celle qui t'a vaincue !

Je me retourne sur la coquine qui, si fondamentalement, dort.

Peut-être l'ai-je fatiguée, moi aussi ?

C'est en te regardant jouer à la dînette que je me suis rendu compte que j'y jouais encore.

Tu dis « miam miam » devant une soucoupe de plastique vide et, aussitôt, je suis renversée, je tombe de toute ma hauteur de Mano, dans un corps de fille si petite que je peine à retrouver l'équilibre.

D'un coup de pied bien placé, Alice m'a renvoyée d'où je viens par vol plané, sans prévenir, comme à son habitude.

Je dis « miam miam » et la soucoupe vide se remplit de crème au chocolat ou de riz au lait encore tiède, sur fond de mère aux épaisses nattes brunes enroulées au-dessus de la tête qui sentent la violette.

Nos « miam miam » sont raccord, comme on dit au cinéma.

Le faire-semblant de la dînette, le « on dirait que », ce jeu emblème de tous les jeux, j'y joue.

J'y joue avec toi dans le bain, sur la longue table basse du salon, partout où le « miam miam » s'invente.

Le service à thé miniature, en bois, que je nous ai offert, en pensant autant à mon bonheur qu'au tien, je l'avoue, fait bon ménage avec ma porcelaine. Nous buvons du thé à longueur de jour. « Nous », c'est-à-dire l'ours, le loup, les quatre petits cochons, le canard, l'hippopotame, l'éléphant et la vache qui chante, tous en rang d'oignons sur la table basse du salon. Eux aussi sont fous de crème au chocolat et de riz au lait. Je ne doute pas que le lapin blanc aux yeux roses, bien qu'il soit toujours pressé, ne s'invite un jour ou l'autre à l'un de nos goûters. J'aimerais te le présenter...

Je ne me rappelle aucune dînette avec ton père. Serait-ce un jeu de filles ? (Le seul d'ailleurs qui m'ait attirée, moi qui, à toutes les poupées, préférais courir les bois ou jouer au Tour de France avec les garçons.) Jeu de filles, donc, comme est de filles, sans doute, celui commencé lorsque tu tenais à peine assise, et qui se poursuit aujourd'hui encore, avec la multitude d'échantillons de produits de beauté et de parfumerie qui s'accumulent dans des tiroirs de la chambre et de la salle de bains.

À chacune de tes visites, comme pour la dînette, ces rituels se perfectionnent, se compliquent, mais ils t'inscrivent dans la continuité de cette maison et de toi-même.

Chaque fois tu reprends tes jeux là où tu les avais laissés. Tu les retrouves sans mal car rien n'a bougé dans cette maison où tes repères sont intacts. Et tu tricotes la suite, maille après maille, rang après rang. Ces jeux te font grandir. Tu grandis dedans. Un tricot sans fin.

Et moi, ta Mano, je suis émerveillée de participer ainsi, de là où je suis, à ce filage, cette construction de toi. Je me rêve un peu gardienne privilégiée du temps qui s'ajoute au temps pour nos dînettes toujours les mêmes et toujours différentes.

Les épaisses nattes brunes, l'odeur de violette de mes « miam miam », je te les raconterai, un jour.

Je suis au téléphone quand j'entends vos pas dans l'escalier. J'ai eu tort de répondre. Piège : impossible de l'écourter, cet appel de l'étranger qui ignore sa forfaiture.

Quelques secondes encore. Trop tard : vous entrez, ton père et toi, et je n'en ai pas terminé avec l'importun.

Je vous lance, de loin, des signes de bienvenue.

Tu es là, emmitouflée dans ton gros manteau d'hiver, ton bonnet de laine, sur le pas de la porte du salon.

D'une main je t'envoie des baisers, de l'autre je désigne le combiné d'un air navré. J'ai raté votre arrivée.

Enfin je raccroche. Me précipite vers toi.

Stupéfaction. Pas un geste, pas un sourire de ta part.

Une sorte d'indifférence.

« Que se passe-t-il, ma chérie ? Tu n'es pas contente d'être ici ? Pas heureuse de retrouver Mano ? »

Lourd silence en réponse. Même indifférence.

Ton père, lui non plus, ne comprend pas.

« Elle te réclamait pourtant… », chuchote-t-il, perplexe, un peu gêné.

Nous regardons ton visage fermé, distant.

Ta bouche s'ouvre, bizarre, prend une forme carrée. Mon cœur s'emballe au-delà de la raison.

« Non ! Non ! Tu ne vas pas pleurer ! »

Je te couvre de caresses, aussi maladroites que désespérées.

Tu veux bien ne pas pleurer. Je me rassure.

« Qu'est-ce qui t'arrive, trésor ? » dis-je, incrédule.

Clin d'œil entre ton père et moi. Nous subodorons la même chose…

« C'est parce que Mano ne t'attendait pas en haut de l'escalier ? Parce qu'elle ne t'a pas assez fêtée ? C'est cela ? »

Tu ne dis rien mais tout ton visage acquiesce.

« Je ne t'ai pas accueillie comme d'habitude, c'est cela ? »

C'est oui. C'est oui.

Il faudra te jeter en l'air trois fois, te faire tourbillonner cinq fois, sept fois t'assurer que oui, je t'attendais bien, que oui, Mano t'aime toujours autant, dix fois m'excuser, expliquer… le téléphone… l'importun… pour t'arracher un sourire…

Quand je ferai à ton grand-père Uli le récit de cette première brouille amoureuse, première scène du genre, il aura cette phrase édifiante: «Tu sais, je n'ai jamais connu aucune femme qui m'ait dit "Uli" comme elle le fait, elle, avec cette intonation, cette passion dans la voix…»

Allons bon! Se pourrait-il que nous soyons, tous deux, tombés en amour?

Une maladie de la grand-parentalité fort répandue, dit-on, et de toute évidence contagieuse…

« On va dire bonjour aux amies de Mano ?

– Amimano ! »

Enthousiasme. Vite ! Les chaussures, les manteaux ! Tu me fourres mon sac dans les mains.

« Alé Mano ! »

Tu piaffes d'impatience. Tournée des « amies », dans la rue commerçante voisine.

Cette virée de filles, tu adores.

Le rituel s'inscrit aussi dans la continuité de tes visites successives. Tu l'as commencé en landau, poursuivi en poussette. Maintenant nous faisons nos politesses à pied, main dans la main.

D'aucuns évaluent la croissance de leurs petits-enfants par une encoche sur un arbre ou un trait de crayon sur un chambranle de porte, moi je mesure la tienne aux regards des copines, qui, boutique après boutique, s'extasient sur les changements.

Partout tu es fêtée, chouchoutée. On admire tes progrès. On s'attendrit sur tes tenues, les boucles de tes cheveux. On se pâme au moindre « achi » (merci), au moindre baiser de tes lèvres fraîches. Et nous, autant toi que moi, moi que toi, faussement modestes, nous nous rengorgeons, nous pavanons. Acceptons humblement mille petites faveurs : une lamelle de gruyère par-ci, un ruban par-là, un biscuit ici, un porte-clefs nounours là.

Il ne s'agit pas pour les commerçants et complices d'être en reste du plaisir que tu donnes ainsi, à venir dire bonjour, rien que bonjour. C'est le tribut à payer pour ton passage, la contrepartie pour te voir grandir, et la preuve pour toi que grandir se récompense, que tu accomplis bien le travail qui est le tien de nous surprendre par le tableau, la parade toujours renouvelés de tes métamorphoses.

Mais tu as compris déjà que dans certains lieux il se passe quelque chose, quelque chose de plus important, puisque de toi-même tu retires bonnet et manteau. Prends tes aises.

Là, comme si ta présence les inspirait, comme si tu en étais la muse, l'égérie, les palabres commencent, et toi, dans ce décor chatoyant de robes, de froufrous, de bijoux ou de splendeurs exotiques venus du monde entier, tu nous écoutes qui refaisons ce monde qui sera le tien.

Le jeu de dames avec dames, notre jeu préféré du dimanche matin.

Mon premier est une vieille brebis qui tricote avec quatorze aiguilles.

Mon deuxième est une sorte d'épicerie dont les étagères se vident aussitôt qu'Alice y cherche quelque chose.

Mon troisième est une manière très particulière de pêcher le crabe.

Mon tout est un œuf qui grossit, grossit et prend forme humaine. Qu'est-ce que c'est ?

Réponse : un Humpty Dumpty. Un gros coco. Tu vois ?... Un œuf qui grossit... Voyons ! Ma mère !

Oui, c'est bien cela : tu vas être arrière-grand-mère une nouvelle fois !

Quand j'ai su, l'idée d'avoir à reproduire moi-même une autre Mano m'a confondue. Mille pensées désordonnées ont traversé ma tête. Jusqu'à imaginer, très bien, un enfant pendu à chacune de mes mains, puisque de mains j'en ai deux !

Quand la petite a su, elle a senti qu'on lui proposait beaucoup sans comprendre quoi. Ses nuits furent agitées.

Maintenant que le « quoi » est bien visible, se concrétise, nous en causons parfois, elle et moi, mais sans ostentation. J'attends ses rares questions…

« Bébé Mano ? demande-t-elle en désignant mon ventre.

– Ah ! Non ! Il n'y a pas de bébé dans le ventre de Mano. Le bébé, c'est dans le ventre de maman ! »

Et la voilà qui saute à pieds joints sur mon ventre, avec délectation, comme si cette réponse l'avait plutôt soulagée…

Moi qui fus la dernière de notre fratrie, moi qui seule n'ai pas connu la venue d'un ou d'une autre après moi, j'ignore tout de ce qu'elle éprouve.

D'elle j'apprends, piano piano, au rythme de ses interrogations, les effets sur cette petite âme de cette annonce troublante. Je ne peux m'empêcher, vois-tu, d'imaginer en elle quelque désarroi secret, quelque inquiétude vague.

Je marche sur des œufs, ma mère – c'est le cas de le dire. Un gros Humpty Dumpty…

Ce matin, à quelqu'un qui lui a posé la question

rituelle : « Comment tu t'appelles ? », c'est avec fermeté qu'elle a répondu : « Bébé. »

Son nom est « Bébé ».

Le bébé, c'est elle.

Ton père a son air énigmatique de celui qui s'apprête à me confier quelque chose qui pourrait bien m'aller au cœur.

«Tu sais, maman…»

Je regarde cet homme, mon enfant, avec qui le «tu sais» n'est pas une formule. Le «tu sais», je le sais, en effet. Un savoir essentiel de l'ordre de l'évidence qui s'échange pour nous entre mère et fils…

«Quand je fais la cuisine, elle ne me lâche pas… Exactement comme moi avec toi et papa… Tu vois?»

Si je vois!

La tête bouclée de ton papa enfouie dans ma robe de printemps, le pincement de ses doigts accrochés à ma cuisse comme crabes au rocher, l'harmonieux tangage de son petit corps ballotté entre mes deux jambes écartées à la fois pour lui faire de la place et pour garder l'équilibre tandis qu'au rouleau, d'un geste sûr, j'étale la pâte d'une future tarte aux fraises dans un tourbillon de farine légère comme le bonheur, ces sensations-là sont-elles de celles qu'on oublie ?

S'oublie-t-elle, la cuisine exiguë où ton grand-père au fusain, celui que tu appelles « Anchois » (lui-même autrefois instruit des plaisirs de bouche par sa grand-mère, auprès de laquelle près des fourneaux il récitait ses tables de multiplication), initia ton papa à l'art conjugué du canard à l'orange et des versions latines ?

Nous laissons au silence le temps du souvenir, puis il poursuit :

« Elle est attentive au moindre de mes gestes. Elle voit tout, m'imite en tout, même au nettoyage, la cuisine terminée. »

Je confirme : il y a beau temps que toi et moi, petite fille, n'est-ce pas, épluchons ensemble les carottes ou les haricots verts, et que tu me prépares à manger dans notre dînette en bois !

« Tu sais, l'autre jour, continue ton père, j'ai eu un flash...

– Ah ?

– Oui. Elle était debout, dans mes jambes, accrochée à moi... »

Pincement des petits doigts sur la cuisse… tangage du petit corps ballotté… tête enfouie dans la robe…

« Elle a levé les yeux sur moi et… comment te dire ?… Je me suis vu, moi, regardant papa ou toi, ou les deux en même temps… J'ai vu mon regard sur vous… »

Sourires. Comment ne pas sourire quand on sait, d'un savoir essentiel, de l'ordre de l'évidence, qui s'échange entre mère et fils, que toi, et toi seule, petite fille, rends possible cette vision commune d'un moment inoubliable où dans une cuisine exiguë, mais vaste comme l'infini, malgré les années et l'inversion des rôles, les imaginaires se rejoignent pour chevaucher ensemble ?

Tu es l'indéniable courroie de cet attelage improbable.

Vive la reine!

Tu as mangé la galette. Ta magnifique couronne d'or est du plus bel effet.

Que les autres enfants aient droit aux mêmes privilèges ne te dérange pas.

Des quatre rois et reines tu es la plus jeune et sembles le savoir, en admettre l'évidence, puisque tu restes dans mon giron, réclames mes bras – « léboa Mano ! » – dès qu'un danger possible te guette.

La joyeuse assemblée t'est familière. L'atmosphère, festive. Une personne qui t'est moins connue s'approche. Je l'entends qui te demande, évidemment : « Comment tu t'appelles ? »

Je vole à ton secours :

« Euh ! Elle ne dit pas encore son nom ! »

Quand même, j'écoute ta réaction. Une réponse possible… C'est alors que, d'une voix nouvelle, d'une petite voix douce, fluette, menue et cependant moelleuse, fraîche, bien timbrée, une voix qui semble se détacher de la gangue d'une réminiscence, d'un savoir ancien, une voix de très loin, de si loin qu'elle paraît irréelle, tu prononces ton prénom. Pour la première fois, à une lettre près, tu dis ton nom :

« Sa-mo-mé. »

L'as-tu dis ou ai-je cru l'entendre ?

Je me penche vers toi, suspendue à tes lèvres.

« Comment tu t'appelles, ma chérie ?

– Samomé », me réponds-tu de la même voix d'ange.

Bonheur imprévisible que ce bonheur-là d'entendre de ta bouche ton propre nom, ainsi prononcé, comme si tu affirmais ton appartenance au monde, comme si, en te nommant, tu t'inscrivais en tant que personne unique parce que nommée, devant tous, devant tes parents qui ont choisi ce nom pour toi, parmi tant d'autres possibles.

Je cours vers eux, vers ton père, transportée.

« Elle a dit son nom ! Elle a dit son nom ! »

On t'entoure. On te presse. On veut t'entendre.

« Comment t'appelles-tu ?

– Samomé », réponds-tu, invariablement.

De plus en plus sûre de toi. Sûre de ton effet aussi. Souriante à présent.

Je te regarde, petite reine, couronnée d'or et du succès remporté.

Te voilà baptisée, par toi-même, librement, publiquement.

Plus d'« Apel », plus de « Bébé ».

Tu n'es plus une enfant parmi d'autres enfants. Tu es toi et l'affirmes.

Le bébé désormais serait-il celui ou celle qui grandit dans le ventre de ta maman ?

Toi, tu es Samomé.

Vive la reine ! Vive Samomé !

Pas à pas, nous remontons la rue dans le soleil d'hiver.

Les amimano ont été plus généreuses encore qu'à l'ordinaire : tes bras ont du mal à contenir tous les présents du jour. Mais surtout tu tiens serré, très fort, une rose d'un rouge pourpre que le jeune homme qui assiste aujourd'hui notre chère fleuriste vient de t'offrir avec beaucoup de style, séduit par la grâce indéniable qui émane de ta petite personne.

Je me dis : Premier hommage masculin, première offrande venue d'un admirateur en honneur à ta simple présence, dans cette rue que tu éclaires ce matin de ton charme enfantin.

On se retourne sur toi, image d'Épinal d'une petite fille en fleurs, à la fois chancelante et solennelle, trottinant le poing fermé sur son trophée, une rose plus grande qu'elle, comme si, mystérieusement, cette petite fille avait compris le sens et la rareté de cette marche triomphale.

J'avance à ton côté, assez près pour te protéger, pas trop pour te laisser goûter à l'ivresse du moment...

Soudain tu pousses un cri :

« Mano ! Samomé ! »

Incompréhension. Quoi ? Que se passe-t-il ?

« Mano ! Samomé ! Patère ! » t'esclaffes-tu, clouée sur place.

Là, je comprends : sur le trottoir ensoleillé, à quelques pas devant, patère, par terre, deux ombres immenses nous précèdent, et ces deux ombres... c'est nous !

Le saisissement est tel que te tombent des mains tous les présents du jour. Seule la rose résiste dans ton poing fermé. Tu t'accroches à elle. Les yeux écarquillés, tu contemples sur le sol les répliques inexplicables de nos deux silhouettes.

Les deux qui deviennent quatre... Deux debout, deux couchées. Et moi, moi qui pourrais l'expliquer, cette bizarrerie, moi qui sais que si nous étions quatre nous serions huit, et seize si nous étions huit, à marcher ainsi, dos au soleil, moi qui ai appris le mystère des ombres portées, je suis tout comme toi, pourtant : éblouie.

Je fixe le sol avec tes yeux ébahis, tes yeux de vingt-deux mois… Je fixe le souvenir gravé que je croyais disparu d'une petite fille qui jouait, hop ! hop !, avec son ombre sur le sable d'une plage mouillée, à marée descendante, sans parvenir jamais à marcher dessus, même en courant très vite.

« Regarde, ma chérie ! »

Je te fais avancer. Nos ombres avancent avec nous. Hop ! hop !

Nous nous arrêtons. Nos ombres ne bougent plus.

« Et la rose, regarde bien ta rose ! Elle aussi elle est là, tu vois ! »

Tu es aux anges. Tu trouves cela renversant, follement gai, cette prolifération de Mano, de Samomé et de roses, mais attends quand même un éclaircissement.

« C'est grâce au soleil, dis-je succinctement. Le soleil, derrière nous. »

L'explication semble te suffire.

Tu as bien compris que le oleil était décidément partie prenante des plaisirs et des émotions humains.

Un jour tu sauras comment le malheureux Hoffmann a perdu son ombre, pourquoi il a perdu son âme, son âme d'enfant.

Petit déjeuner préparé et servi par ton grand-père Uli.

«Tatines», «miè», «judonange» (tartines chaudes, miel, jus d'orange). Toi, très digne, cérémoniale, entre Uli et Mano, dans le grand lit, au milieu des coussins.

Ce moment, le plus attendu – de nous trois – quand tu viens dormir ici, annoncé depuis la veille comme la promesse d'un bonheur absolu dont le rituel est aussi infaillible que notre gourmandise, nous venons de l'honorer.

«Achi Uli! »

Merci, Uli! Le grand-père fond…

Seul bémol: l'heure toujours trop matinale de ce délicieux rendez-vous. Je te le fais savoir en me prélassant ostensiblement. Les paupières lourdes, je sirote mon thé, terrassée par ton énergie, ta vitalité. Je tiens bon, inbougeable. Résistance passive.

Tu renonces à me tirer du lit où, faute de mieux, tu apportes successivement le livre du chat presque blanc, celui de Rocco le croco, une quantité décourageante de tiroirs remplis d'échantillons de produits de beauté que tu voudras tous ouvrir, les quatre petits cochons, le loup, l'hippopotame, l'éléphant, l'ours, le canard aux lunettes de soleil et, pour finir, la dînette.

J'accepte de jouer à la dînette, sachant que ma participation sera modeste et n'exigera rien d'autre que d'avaler de l'air en me pourléchant.

« Qu'est-ce que tu me prépares, ma chérie ?

– Soup ! » annonces-tu.

Tu me tends la petite assiette avec le bol en bois. Je le vide d'un coup, entre deux gorgées de thé... Délectation bien sentie qui ravit le cordon-bleu.

« Elle est très bonne, ta soupe !

– Enco ? Enco Mano ? Soup ? »

Le manège dure...

« Et maintenant, qu'est-ce que c'est ? dis-je, pleine d'espoir d'une crème au chocolat.

– Soup ! » proposes-tu, invariablement.

Pas question d'être déçue. Une Mano ne peut pas être déçue.

Nous en sommes à peu près au quinzième bol de soupe quand tu lèves les yeux sur la photographie de moi, dans son cadre à l'ancienne accroché au-dessus du lit.

« Mano bébé ! »

Je te sens qui réfléchis intensément.

« Bébé Mano… »

Puis, d'un coup lumineuse, tu t'adresses au portrait :

« Viens ! Viens ! Bébé Mano ! Assoi, bébé Mano ! Soup ? Soup ? »

Tout a été si soudain que, comme d'habitude avec toi, je suis prise de court.

Sublime demande… Cette invitation, même dans mes rêves les plus fous, je n'aurais pu l'imaginer.

Tu demandes au bébé que j'ai été de partager la soupe avec la Mano d'aujourd'hui !

Tu demandes l'impossible et cependant… N'est-ce pas la même Mano que celle du cadre, en effet, qui depuis près d'une heure partage avec toi ta soupe de légumes ?

Traversée du miroir. Et, cette fois, sur invitation. Invitation au voyage. Descendre du cadre. Du cadre de verre. *Down, down.* Les deux Mano ont rendez-vous ! Tu le veux, petite fille. Tu le peux.

Comme si d'une seule phrase tu venais de rendre tangible le pari un peu extravagant de ce récit que je t'adresse. Comme si tu en légitimais l'entreprise, la rendais évidente, crédible.

Oui, je viens ! Je viens à ma rencontre ! La petite Mano rejoint la grande Mano grâce à toi qui les invites à « souper » ensemble, le plus naturellement du monde. Les présentations sont inutiles. Nous nous connaissons de longue date et nous avons tant de choses à nous raconter !

Je *me* rejoins donc sur ta demande, pour un bol de soupe, la soupe de chimère.

Encore une fois, je te convie, ma mère. Viens, viens te réjouir.

Deux années ont passé et les bourgeons sont là.

Ce jour est jour d'anniversaire de l'enfant de l'enfant et je te convie.

Comment pourrait-il en être autrement? N'es-tu pas de tous les anniversaires qui, de près, nous touchent, toi dont l'horloge intime décida de la venue au monde de notre fratrie et de sa descendance?

Soufflées avec zèle par ton arrière-petite-fille, les deux bougies s'ajoutent, dans la lignée, aux innombrables petites flammes, toutes semblables, sur un même gâteau au chocolat, et à la même délicate combinaison de ferveur et de nostalgie associée à la conscience aiguë du temps.

Ma place a bougé. Je me suis décalée d'un rang

dans l'ordonnance de la fête avec toujours, toujours plus, cette sensation d'y gagner en intensité et en surprises. Place qui me rapproche de toi, de celle que tu occupas auprès de mon enfant et que je t'ai enviée, parfois, sachant maintenant – seulement maintenant – pourquoi, et ceci sans regret des autres places, puisqu'elles furent toutes pleinement occupées, « dans l'ordre des choses », comme tu le disais si bien.

Cet anniversaire pensé par des parents l'un comme l'autre accomplis dans l'art de la fête et du rituel, tu l'aurais aimé.

Je sais où tu te serais assise, ma mère, embrassant du regard grands et petits courant dans tous les sens entre giboulées de rires et serpentins de mars. Ce regard juste un peu à distance des choses et des êtres, comme pour en mesurer l'accomplissement, et permettre qu'un jour peut-être…

… qu'un jour tu puisses t'en détacher. Ce regard que je t'ai vu avant que tu nous quittes et que j'ai surpris déjà chez moi-même.

Je sais quelle robe tu aurais choisie, et quel bijou, pour la circonstance. Le bijou des anniversaires. Un certain pendentif…

Imagine notre héroïne, quant à elle, en petite robe noire à volants, chemisier et collants roses, dans des souliers vernis, avec pour retenir ses cheveux une « bachich », une barrette en forme de cœur scintillant, et tu auras une idée de la satisfaction de ta fille, la Mano, qui les lui offrit un jour, parce que davantage en arrêt désormais devant les vitrines pour enfants qu'en quête pour elle-même de quelque nouveau vêtement à la mode. Un symptôme caractéristique de cette maladie sans gravité et, je l'espère bien, inguérissable qu'est la grand-maternité.

L'après-midi se passe donc, riche en occupations et en décibels. À la fin, après avoir patiemment promené la poupée dans sa nouvelle poussette à fleurs, joué à mille distractions de filles et de garçons, je m'octroie une pause. Je profite d'un jeu de cache-cache pour disparaître vraiment, d'autant que ton petit-fils, l'heureux père, me fait signe de le rejoindre discrètement. Il a, dit-il, « quelque chose à me montrer ».

Je le suis dans la pièce qu'il partage, pour travailler, avec la « grande sœur », parfaite, elle aussi, dans son rôle du jour.

J'imagine qu'il s'agit d'un de ces films qu'il monte sur son ordinateur. Je devine qu'il s'agit d'elle, de sa fille.

Le film nous transporte vers la maison du bord de mer…

Ah ! Ma mère ! Le jardin ! Nous voici dans notre jardin !

La vois-tu ? La vois-tu, la petite fille avec ses boucles blondes qui s'échappent du bonnet de laine et cet air pénétré de celle qui, sérieusement investie d'une tâche immense, infiniment nécessaire à la marche du monde, plie sous le poids de ses deux seaux remplis de cailloux ou de terre ?

Forcément tu la vois et tu la reconnais pour l'avoir vue déjà, semblable, tellement semblable à celle que j'étais, m'égayant dans ce même carré de pelouse, occupée à la même tâche nécessaire à la marche du monde, un seau dans chaque main…

Mais entre ces deux images que le miroir du temps autorise, une autre sans laquelle cette énième « rencontre » des deux petites filles serait impossible : celle d'un petit garçon tout aussi bouclé et blond, mon enfant au même âge, au même endroit, dans ce même carré de pelouse, devenu père aujourd'hui, celui-là même qui filma cette scène avec, comme moi, l'impression du déjà vécu.

Lui et moi nous regardons d'un air entendu. Nous pensons à cette répétition qu'on appelle transmission, cette chaîne de mère à fils, de fils à fille que ce jardin, justement, emblématise par sa pérennité, sa magie du toujours là et toujours le même.

Je me dis : Un jour, grâce à ce film, et à tous les autres, tu te reverras à tous moments de ta vie, petite fille. Tu te reverras vivant cette scène, sur la plage. Moi, j'ai eu besoin de toi pour la revivre, de toi et de l'écriture pour en retrouver les traces effacées par la mémoire.

Les temps vont changer. Le temps va changer pour toi, pour la mère et plus encore la grand-mère que tu deviendras sans doute un jour. Le temps sera autre, d'une autre espèce, forcément.

Pourtant, je ne suis pas au bout des surprises. Quelque chose m'attend encore au détour de ce film délicieux de père et de cinéaste.

Il faut que je te dise, ma mère.

Maintenant le décor change : c'est la plage à marée basse. Lumière d'hiver pure, transparente. Couleur bleue de la mer et du ciel confondus.

Lorsque l'enfant paraît... Elle est de dos, devant la mer, seule, immobile. On ne voit pas son visage mais on la devine infiniment songeuse face à l'immensité.

Dans son épaisse combinaison, on dirait un petit cosmonaute que la beauté du monde aurait figé sur place. Seule sa capuche bat sur ses épaules, tandis qu'à ses pieds viennent mourir les franges mousseuses de vaguelettes azurées.

Nous contemplons ce qu'elle contemple. Nous entendons ce qu'elle entend. Nous sommes avec elle dans la même méditation mystérieuse qu'inspire cette étendue d'eau à la fois démesurée et paisible…

Ce face-à-face avec la mer du Nord, son père l'a voulu pour des raisons qui sont les siennes, sans doute nourries par ses propres souvenirs. Il a souhaité saisir sa fille dans ce dialogue muet avec les éléments, en fixer à jamais la force poétique.

Mais ce n'est pas tout, tu vas voir. Autre séquence…

D'abord, la petite est de face. Elle va, vient, joue avec le sable mouillé qu'elle jette en l'air, essuie sa main sur sa combinaison. Recommence.

Le gros plan sur le relief lunaire du sable dessiné, tatoué, par la mer accentue l'impression que cette petite fille en combinaison d'hiver est la visiteuse d'une planète inconnue dont elle découvre l'étrangeté et la splendeur, d'autant qu'elle se déplace à pas lourds, gênée par son vêtement, comme un envoyé de l'espace, en effet, qui accomplit en terre inconnue et pour la première fois ses premiers pas.

Puis la voilà qui marche de profil…

C'est alors qu'elle la remarque sur le sable. Une

nouvelle fois elle surprend son ombre, une ombre immense, bien plus immense que lorsque nous marchions côte à côte, sur le trottoir, à Paris.

L'enfant se met à courir, cherche à rattraper cette ombre coûte que coûte. N'y parvient pas. Revient en arrière. Tourne sur elle-même. Regarde à nouveau l'ombre qui ne bouge plus. Tâte du pied cette incongruité. La désigne du bras, lui parle, la priant peut-être de se laisser dépasser, et court, court encore pour la saisir. En vain. Enfin, elle renonce…

Je me sens flageoler, tu sais, car elle est encore toute chaude, la phrase écrite il y a peu…

Elle resurgit telle qu'elle m'est venue : « Je fixe le souvenir gravé que je croyais disparu d'une petite fille qui jouait, hop ! hop !, avec son ombre sur le sable d'une plage mouillée, à marée descendante, sans parvenir jamais à marcher dessus, même en courant très vite… »

Ton arrière-petite-fille est tout simplement en train de rejouer pour de bon la scène que j'ai exhumée, par l'écriture, quelque soixante-deux ans après l'avoir vécue moi-même.

Elle fait ce que m'ont soufflé les mots grignotant ma mémoire de ses dents de lait pointues.

Elle donne vie et sens à ce qui ne me semblait

qu'une vision, un effet de mon imagination aiguisée par ce grignotage entêté et délicieux.

Curiouser and curiouser... J'ai l'impression bizarre que c'est après mon ombre que court la petite fée sur la plage de notre enfance... À moins que ce ne soit moi qui coure après la sienne.

Sur mon épaule frissonnante, je perçois comme un frôlement tiède, doux. Je pense à la patte furtive du lapin blanc... À moins que... Et si c'était ta main, ma mère ?

Cette fois, je te garde, à Paris, chez tes parents, chez toi, soirée comprise. C'est assez exceptionnel pour que tu m'en fasses la remarque :

« Maison Mano ? »

Je t'explique qu'aujourd'hui, c'est moi qui viens à toi.

« Maison Uli ? »

Je t'explique que lui est déjà dans la maison du Sud, où nous le rejoindrons bientôt car les cagos commencent à se réveiller, à sortir de leur coquille. Ils nous attendent, et les cagos, et Uli, pour saluer le printemps, là-bas.

Tu as refermé toi-même la porte sur ta mère et ton père d'un air condescendant, du genre « Amusez-vous bien, les enfants ! », et tu t'es assise en face de moi pour les choses sérieuses : une Mano a forcément quelque chose à proposer. Quelque chose d'intéressant. La pluie menace, interdisant la facilité d'un jardin ou d'un manège.

J'ai une idée en tête, depuis le matin. J'ai déniché au Majectic Bastille un court film d'animation au titre prometteur : *Le Petit Chat curieux*, une histoire qui, ma foi…

Le cinéma ? À deux ans, trois semaines ? Étonnante, cette habitude de vouloir à tout prix t'entraîner dans des aventures un peu au-dessus de ton âge…

Tu me regardes, prête à tout, je le sais.

Je me lance :

« Et si on allait au cinéma ? Si on allait voir l'histoire du petit chat curieux ? »

Le mot « cinéma » ne te parle guère (même si à la crèche tu as déjà assisté, paraît-il, à une projection), mais les chats en revanche, tu connais. Tu les adores, surtout ton chat roux qui se faufile entre tes jambes. Alors, oui, c'est oui !

Dans l'autobus, mille questions à propos du chat – en fait une seule, mais mille fois répétée : « Voi lecha ciéma, Mano ? » – achèvent de me rassurer sur la témérité de ma décision.

Je me dis : En vérité, c'est toi qui rêves d'emmener ta petite-fille au cinéma pour la première fois. Ce sont les premières fois qui t'intéressent, au fond. Pareil pour le manège ou pour le restaurant. Comme si tu recherchais au travers de son regard à elle l'éblouissement oublié de tes premières fois à toi… Allons ! Avoue !

J'avoue.

Nous arrivons à la Bastille juste avant l'averse.

Je me présente devant la caisse. Dame caissière se penche vers toi qui déjà t'ébroues, enthousiaste.

« Elle a quel âge ?

– Euh… »

L'interdit tombe plus dru que la pluie : le film n'est pas accessible aux moins de trois ans, « pour des raisons de sécurité, madame, désolée… ».

Dans l'œil de la dame, je crois déceler une pointe d'attendrissement. Une brèche possible ? Je m'engouffre :

« On a traversé tout Paris ! Elle l'attendait tellement, ce film ! Vous ne pouvez pas lui faire cela ! Elle sera très calme… Je m'y engage personnellement ! »

Gagné.

Nous gravissons vaillamment l'immense escalier. La rambarde est la bienvenue, d'autant que la caissière nous suit du regard… Pas question que je te prenne dans mes bras. Il y va de ton honneur et de notre crédibilité !

Cette salle du Majestic... Encore à l'ancienne... Cette salle un peu surannée... Est-il possible que... ? N'avons-nous pas habité à quelques pas, sur le même boulevard, lorsque j'avais moi-même deux ou trois ans ? Et si... ? Voilà que ça recommence ! Bravo, Alice ! Une fois de plus tu te surpasses !

Dans la lumière tamisée où je me remets à peine de mon trouble, je distingue quelques têtes d'enfants bien plus grands que toi, en effet, sagement assis entre leurs parents...

Je te cherche des yeux. Tu as disparu !

Je t'appelle. Pas de réponse.

Mon cœur refuse de battre, ma tête d'imaginer...

Enfin, je te trouve, te surprends, à genoux, derrière la rangée des premiers fauteuils.

Je me précipite.

« Mais que fais-tu là, ma chérie ?

– Lecha ?... Lecha ? »

Et te voilà qui files à l'extrémité de la salle en inspectant tout, depuis l'estrade jusqu'aux énormes pans de rideau en velours rouge...

Tu cherches le chat du cinéma. Le chat du film. *Le Petit Chat curieux*...

« Alors, le cinéma, c'était bien, le cinéma ? Et le chat ? Tu l'as vu, le chat ? » demande ton père.

Pas de réponse. Tu passes tête haute devant lui, étrangère à la question. Même chose avec ta mère.

Ils n'en sauront rien. C'est notre histoire à nous, voyons ! Aperçu pour toi du jardin secret. Plaisir nouveau du ne-pas-dire…

Avant de repartir pour leur soirée, ta maman se repose quelques minutes dans la chambre. Toi et moi la rejoignons.

Halte filles. Pause femmes.

D'un geste infiniment gracieux, ta mère enveloppe de son bras le ventre lourd. Nous y posons toi ta menotte, moi ma main qui te fait rire à cause des « miettes », du nom que tu donnes aux taches dont je ne t'ai pas dit encore qu'elles étaient de vieillesse.

Gynécée. Parlons du bébé qui va venir, « toupetipeti », et que tu veux voir maintenant puisque le berceau, ce berceau qui fut aussi le tien, l'attend à côté de ton lit.

Ton père nous a préparé son gratin dauphinois. Dîner au lit. Tout ce que j'aime. Il le sait bien, mon coquin d'enfant. Nous voilà seules à nouveau.

Œil distrait sur un téléfilm sans surprises, allongée sur le lit.

C'est toi mon programme préféré ! Mon music-hall, mon cabaret. Toi ma prestidigitatrice, mon illusionniste.

D'abord il me semble que rien ne se passe. Tu te promènes, tu explores, ici et là, cette chambre qui est ton territoire en chuchotant des mots étranges. Puis les choses se précisent. Je te vois inventer pour toi-même une histoire d'objets qui se déplacent, qui disparaissent et réapparaissent. Bientôt toute la chambre paraît s'animer d'un mouvement subtil et incompréhensible sous ta baguette inspirée.

Il me faut du temps pour comprendre enfin que mon corps lui-même fait partie de ta chorégraphie. Car tu viens de poser en équilibre, juste en haut de ma hanche, un bracelet, bientôt suivi à égale distance, le long de ma jambe, et jusqu'à ma cheville, d'une broche, d'une bague, d'un mouchoir, d'une gomme, d'un crayon, d'un bout de pain et d'un bouton de chemise.

Je n'ai plus le droit de remuer, au risque de voir s'effondrer cet alignement sacré dont je suis une pièce maîtresse – grand-mère porteuse, en quelque sorte… Cette œuvre d'art dont tu admires debout, à côté du lit, la perfection et la fragilité.

Je retiens ma respiration, stoïque. Rien ne bouge. Rien ne tombe.

Alors tu t'approches de mon oreille et, dans un souffle dont je me demande un instant si je ne le rêve pas, j'entends :

« Taime Mano. »

Je n'ose pas te faire répéter, de peur de m'être trompée, car cet aveu m'inonde d'une émotion inconnue que je ne peux plus, ne veux plus arrêter car c'est de toi qu'elle vient.

Autant le mot lui-même me chavire, autant le souffle de voix qui le porte.

Comme la première fois où tu prononças ton nom, cette voix irréelle semble flotter. On dirait une voix de l'avant-mémoire. Un lointain lambeau de conscience enfantine… Un « taime » archaïque, primitif. Vérité première de l'amour.

Je sais bien que c'est parce que je suis ta grand-mère et toi ma petite-fille qu'ainsi je les perçois, et le mot et la voix qui le porte.

Je m'entends te répondre :

« Moi aussi, je t'aime. »

Tu entres dans ma chambre, fin prête pour les cagos. Nous leur devons une visite du matin car, en effet, ils n'attendaient plus que toi pour le grand retour du printemps dans la maison du Sud.

Je raccroche le téléphone. Silence. Sourire.

« Papa ? demandes-tu.

– Oui, c'était papa... »

Tu me regardes mais je ne cille pas, ne dis rien de cet appel qui me bouleverse.

Là-bas, à Paris, « toupetipeti », le bébé que tu désignes en joignant tes deux mains délicieusement – une petite fille, je le sais, le sais déjà, et toi aussi, en cachette de ton père qui lui ne voulait pas savoir –, la petite sœur, donc, a choisi ce jour. Ce jour pour venir...

Tu piétines.

« Cagos Mano ?

– Oui ! Oui ! Cagos ! »

Sentiment trouble de te cacher quelque chose, quelque chose d'essentiel pour toi, et que ce n'est pas juste.

Mensonge par omission. Petite trahison, nécessaire, protectrice, alors que tout en moi aimerait te dire, partager ce qui se passe, à l'instant, tout de suite.

Marche, main dans la main. L'herbe est détrempée. À chaque cago, un cri. Tu n'en as jamais vu d'aussi gros. Ils te font un peu peur. Tu ne veux pas y toucher.

Je me dis : Aujourd'hui, petite fille, tu vas devenir grande. Tu vas être grande sœur et moi grand-mère pour la seconde fois. Je vais devenir une autre Mano.

Différente ? Forcément, oui, aussi différente que vous, mes petites-filles, serez différentes, et pourtant uniques. S'il existe autant de mères que d'enfants, n'en est-il pas de même pour les grand-mères ? *Curiouser and curiouser*… Moi qui n'ai été mère qu'une fois, je vais être deux grand-mères en une seule… Une bizarrerie mathématique qui intéresserait certainement Alice…

Aujourd'hui, donc, nous grandirons ensemble, toi et moi. Ensemble et séparément. Une même venue au monde va changer notre monde et nous dedans…

Les heures passent.

Peu à peu ma fébrilité augmente autant que ton humeur s'altère. Est-ce moi qui l'induis par l'impatience qui, secrètement, monte ? Le quelque chose, le pressentirais-tu ?

« Léboa ! Léboa ! »

Tu réclames mes bras. Te colles à moi. Veux jouer, ne veux plus. Veux manger, ne veux plus. Veux tout, veux rien ! La chose et son contraire. Veux quelque chose. *Le* quelque chose ?

Quant à moi, je ne cesse d'aller me frotter à ton grand-père Uli, paisible à sa table de travail, comme une chatte se frotte, le dos rond, à la main qui caresse et nourrit. À chacune de mes visites, il me sourit.

C'est lui qui ira chercher Fa., ma nièce, à la gare. Je reste près du téléphone…

Fa. est arrivée. Sa présence m'est précieuse. N'a-t-elle pas été de tous les grands moments de ma vie ? Et puis vous vous plaisez, elle et toi.

Enfin, nouvel appel de ton père. Les choses ne se présentent pas bien…

Autre attente maintenant. L'impatience devenue anxiété. La joie, inquiétude. Longtemps…

Fa. et toi dans la prairie. Je vous vois de loin qui parlez avec la nature, puis revenez vers moi. Les nuages menacent.

Je reçois, de tes mains, mon premier bouquet de fleurs des champs, tes fleurs préférées, ma mère : pâquerettes, boutons-d'or et fleurs de pissenlits.

Nous mettons le bouquet dans un verre d'eau fraîche où tu veux boire aussi, fleur parmi les fleurs.

Oui, je pense à toi, ma mère, à la sage-femme. Te demande ton aide. Au secours, ma mère ! Je te convie à veiller sur ce qui là-bas se passe.

Et toi, petite fille, que dirais-tu d'un dodo, un gros dodo dans le lit de Mano ? À ma grande surprise, c'est oui. Tu veux bien. Tu veux bien du « dododanlelimano ».

Je te couche dans mon lit. Tu t'endors aussitôt.

Et l'orage éclate. Un orage qui cogne au-delà de la raison, comme le cœur pour de bonnes ou de mauvaises raisons. Trois heures pour nous de tonnerre et de pluie lourde. Trois heures d'éclairs et d'un vent sauvage, furieux, qui malmène saule, pin, figuiers, oliviers et le cerisier planté là pour ta naissance à toi et dont on espère les premières cerises. Trois heures pour toi d'un sommeil vertigineux.

Tu descends. *Down, down*, profond.

À chaque fracas du ciel je m'approche du lit.

L'infini de ton calme me calme infiniment.

Je ne suis pas sûre de t'avoir jamais vue dormir aussi fondamentalement.

Si tu rêves, à quoi donc rêves-tu, toi, la petite, qui vas devenir la grande ?

Si tu rêves, ce rêve est ton secret, ta force d'évasion…

« *"Wake up, Alice dear!" said her sister. "Why, what a long sleep you've had!"* »

« Alice, ma chérie, réveille-toi ! lui dit sa sœur. Comme tu as dormi longtemps ! »

Je ne vois guère qu'une sœur pour arracher l'autre à un sommeil si profond. Seule une sœur peut le faire, au bon moment, au bon endroit.

Ta cadette à peine née, te voilà réveillée. C'est elle qui te réveille dans le retour du soleil.

«Voi bébé, Mano ?

– Oui, ma chérie, tu vas la voir.»

Le lapin blanc aux yeux roses passe en hâte.

De la poche de son gilet il tire sa montre et file vers un deuxième terrier, dans la haie.

Il me fait signe.

DU MÊME AUTEUR

Le Corps à corps culinaire

essai
Seuil, 1976; réédition avec
une préface inédite, 1998

Histoires de bouches

récits
prix Goncourt de la nouvelle 1987
Mercure de France, 1986
Gallimard, « Folio », n° 1903

À contre-sens

récits
Mercure de France, 1989
Gallimard, « Folio », n° 2206

La Courte Échelle

roman
Gallimard, 1993
et « Folio », n° 2508, réédition 2001

À table

récits
Éditions du May, 1992
et Éditions de La Martinière, 2007
(réédition augmentée)

Trompe-l'œil
Voyage au pays de la chirurgie esthétique

Belfond, 1993
réédité sous le titre

Corps sur mesure

Seuil, 1998

La Dame en bleu

roman

prix Anna de Noailles de l'Académie française 1996

Stock, 1996

et « Le Livre de poche », n° 14199

La Femme Coquelicot

roman

Stock, 1997

et « Le Livre de poche », n° 14160

La Petite aux tournesols

roman

Stock, 1999

et « Le Livre de poche », n° 15023

La Tête en bas

roman

Seuil, 2002

et « Points », n° P1052

La Dernière Leçon

récit

prix Renaudot des lycéens 2004

Seuil, 2004

et « Points », n° P1380

Le Baiser d'Isabelle

L'aventure de la première greffe du visage

récit

Seuil, 2007

et « Points », n° P1998

Les Nouveaux Parents

(avec Serge Hefez et Jean-Claude Kaufmann)

Bayard, 2011

Entretien avec le marquis de Sade

Plon, 2011

TEXTES CRITIQUES

Système de l'agression
Choix et présentation
des textes philosophiques de Sade
Aubier-Montaigne, 1972

Introduction et notes à
Justine ou les Malheurs de la vertu de Sade
Gallimard, « Idées », 1979
et « L'Imaginaire », 1994

COMPOSITION : PAO ÉDITIONS DU SEUIL

CPi BUSSIÈRE

Cet ouvrage a été imprimé en France par
CPI Bussière
à Saint-Amand-Montrond (Cher)
en décembre 2011.
N° d'édition : 103184-4. - N° d'impression : 113761.
Dépôt légal : octobre 2010.

Éditions Points

Le catalogue complet de nos collections est sur Le Cercle Points, ainsi que des interviews de vos auteurs préférés, des jeux-concours, des conseils de lecture, des extraits en avant-première…

www.lecerclepoints.com

DERNIERS TITRES PARUS

P2460. La Dure Loi du Karma, *Mo Yan*
P2461. Comme deux gouttes d'eau, *Tana French*
P2462. Triste Flic, *Hugo Hamilton*
P2463. Last exit to Brest, *Claude Bathany*
P2464. Mais le fleuve tuera l'homme blanc
Patrick Besson
P2465. Lettre à un ami perdu, *Patrick Besson*
P2466. Les Insomniaques, *Camille de Villeneuve*
P2467. Les Veilleurs, *Vincent Message*
P2468. Bella Ciao, *Eric Holder*
P2469. Monsieur Joos, *Frédéric Dard*
P2470. La Peuchère, *Frédéric Dard*
P2471. La Saga des francs-maçons
Marie-France Etchegoin, Frédéric Lenoir
P2472. Biographie de Alfred de Musset, *Paul de Musset*
P2473. Si j'étais femme. Poèmes choisis
Alfred de Musset
P2474. Le Roman de l'âme slave, *Vladimir Fédorovski*
P2475. La Guerre et la Paix, *Léon Tolstoï*
P2476. Propos sur l'imparfait, *Jacques Drillon*
P2477. Le Sottisier du collège, *Philippe Mignaval*
P2478. Brèves de philo, *Laurence Devillairs*
P2479. La Convocation, *Herta Müller*
P2480. Contes carnivores, *Bernard Quiriny*
P2481. « Je démissionne de la présidence », *suivi de* « Un grand État cesse d'exister » *et de* « Un jour je vous le promets »
Richard Nixon, Mikhaïl Gorbatchev, Charles de Gaulle

P2482. « Africains, levons-nous ! », *suivi de* « Nous préférons la liberté » *et de* « Le devoir de civiliser »
Patrice Lumumba, Sékou Touré, Jules Ferry
P2483. « ¡ No pasarán ! », *suivi de* « Le peuple doit se défendre » *et de* « Ce sang qui coule, c'est le vôtre »
Dolores Ibárruri, Salvador Allende, Victor Hugo
P2484. « Citoyennes, armons-nous ! », *suivi de* « Veuillez être leurs égales » *et de* « Il est temps »
Théroigne de Méricourt, George Sand, Élisabeth Guigou
P2485. Pieds nus sur les limaces, *Fabienne Berthaud*
P2486. Le renard était déjà le chasseur, *Herta Müller*
P2487. La Fille du fossoyeur, *Joyce Carol Oates*
P2488. Vallée de la mort, *Joyce Carol Oates*
P2489. Moi tout craché, *Jay McInerney*
P2490. Toute ma vie, *Jay McInerney*
P2491. Virgin Suicides, *Jeffrey Eugenides*
P2492. Fakirs, *Antonin Varenne*
P2493. Madame la présidente, *Anne Holt*
P2494. Zone de tir libre, *C.J. Box*
P2495. Increvable, *Charlie Huston*
P2496. On m'a demandé de vous calmer, *Stéphane Guillon*
P2497. Je guéris mes complexes et mes déprimes
Christophe André & Muzo
P2498. Lionel raconte Jospin, *Lionel Jospin*
P2499. La Méprise – L'affaire d'Outreau, *Florence Aubenas*
P2500. Kyoto Limited Express, *Olivier Adam*
avec des photographies de Arnaud Auzouy
P2501. « À la vie, à la mort », Amitiés célèbres
dirigé par Patrick et Olivier Poivre d'Arvor
P2502. « Mon cher éditeur », Écrivains et éditeurs
dirigé par Patrick et Olivier Poivre d'Arvor
P2503. 99 clichés à foutre à la poubelle, *Jean-Loup Chiflet*
P2504. Des Papous dans la tête – Les Décraqués – L'anthologie
P2505. L'Étoile du matin, *André Schwarz-Bart*
P2506. Au pays des vermeilles, *Noëlle Châtelet*
P2507. Villa des hommes, *Denis Guedj*
P2508. À voix basse, *Charles Aznavour*
P2509. Un aller pour Alger, *Raymond Depardon*
avec un texte de Louis Gardel
P2510. Beyrouth centre-ville, *Raymond Depardon*
avec un texte de Claudine Nougaret

P2511. Et la fureur ne s'est pas encore tue, *Aharon Appelfeld*
P2512. Les Nouvelles Brèves de comptoir, tome 1
Jean-Marie Gourio
P2513. Six heures plus tard, *Donald Harstad*
P2514. Mama Black Widow, *Iceberg Slim*
P2515. Un amour fraternel, *Pete Dexter*
P2516. À couper au couteau, *Kriss Nelscott*
P2517. Glu, *Irvine Welsh*
P2518. No Smoking, *Will Self*
P2519. Les Vies privées de Pippa Lee, *Rebecca Miller*
P2520. Nord et Sud, *Elizabeth Gaskell*
P2521. Une mélancolie arabe, *Abdellah Taïa*
P2522. 200 dessins sur la France et les Français, *The New Yorker*
P2523. Les Visages, *Jesse Kellerman*
P2524. Dexter dans de beaux draps, *Jeff Lindsay*
P2525. Le Cantique des innocents, *Donna Leon*
P2526. Manta Corridor, *Dominique Sylvain*
P2527. Les Sœurs, *Robert Littell*
P2528. Profileuse – Une femme sur la trace des serial killers,
Stéphane Bourgoin
P2529. Venise sur les traces de Brunetti – 12 promenades au fil
des romans de Donna Leon, *Toni Sepeda*
P2530. Les Brumes du passé, *Leonardo Padura*
P2531. Les Mers du Sud, *Manuel Vázquez Montalbán*
P2532. Funestes carambolages, *Håkan Nesser*
P2533. La Faute à pas de chance, *Lee Child*
P2534. Padana City, *Massimo Carlotto, Marco Videtta*
P2535. Mexico, quartier Sud, *Guillermo Arriaga*
P2536. Petits Crimes italiens
Ammaniti, Camilleri, Carlotto, Dazieri, De Cataldo,
De Silva, Faletti, Fois, Lucarelli, Manzini
P2537. La guerre des banlieues n'aura pas lieu, *Abd Al Malik*
P2538. Paris insolite, *Jean-Paul Clébert*
P2539. Les Ames sœurs, *Valérie Zenatti*
P2540. La Disparition de Paris et sa renaissance en Afrique
Martin Page
P2541. Crimes horticoles, *Mélanie Vincelette*
P2542. Livre de chroniques IV, *António Lobo Antunes*
P2543. Mon témoignage devant le monde, *Jan Karski*
P2544. Laitier de nuit, *Andreï Kourkov*
P2545. L'Évasion, *Adam Thirlwell*
P2546. Forteresse de solitude, *Jonathan Lethem*

P2547. Totenauberg, *Elfriede Jelinek*
P2548. Méfions-nous de la nature sauvage, *Elfriede Jelinek*
P2549. 1974, *Patrick Besson*
P2550. Conte du chat maître zen
(illustrations de Christian Roux), Henri Brunel
P2551. Les Plus Belles Chansons, *Charles Trenet*
P2552. Un monde d'amour, *Elizabeth Bowen*
P2553. Sylvia, *Leonard Michaels*
P2554. Conteurs, menteurs, *Leonard Michaels*
P2555. Beaufort, *Ron Leshem*
P2556. Un mort à Starvation Lake, *Bryan Gruley*
P2557. Cotton Point, *Pete Dexter*
P2558. Viens plus près, *Sara Gran*
P2559. Les Chaussures italiennes, *Henning Mankell*
P2560. Le Château des Pyrénées, *Jostein Gaarder*
P2561. Gangsters, *Klas Östergren*
P2562. Les Enfants de la dernière chance, *Peter Høeg*
P2563. Faims d'enfance, *Axel Gauvin*
P2564. Mémoires d'un antisémite, *Gregor von Rezzori*
P2565. L'Astragale, *Albertine Sarrazin*
P2566. L'Art de péter, *Pierre-Thomas-Nicolas Hurtaut*
P2567. Les Miscellanées du rock
Jean-Éric Perrin, Jérôme Rey, Gilles Verlant
P2568. Les Amants papillons, *Alison Wong*
P2569. Dix mille guitares, *Catherine Clément*
P2570. Les Variations Bradshaw, *Rachel Cusk*
P2571. Bakou, derniers jours, *Olivier Rolin*
P2572. Bouche bée, tout ouïe… ou comment tomber amoureux des langues, *Alex Taylor*
P2573. La grammaire, c'est pas de la tarte !
Olivier Houdart, Sylvie Prioul
P2574. La Bande à Gabin, *Philippe Durant*
P2575. « Le vote ou le fusil », *suivi de* « Nous formons un seul et même pays », *Malcolm X, John Fitzgerald Kennedy*
P2576. « Vive la Commune ! », *suivi de* « La Commune est proclamée » et de « La guerre civile en France »
Louise Michel, Jules Vallès, Karl Marx
P2577. « Je vous ai compris ! », *suivi de* « L'Algérie n'est pas la France » et de « Le droit à l'insoumission »
Charles de Gaulle, Gouvernement provisoire algérien, Manifeste des 121

P2578. « Une Europe pour la paix », *suivi de* « Nous disons NON » et de « Une communauté passionnée »
Robert Schuman, Jacques Chirac, Stefan Zweig
P2579. 13 heures, *Deon Meyer*
P2580. Angle obscur, *Reed Farrel Coleman*
P2581. Le Tailleur gris, *Andrea Camilleri*
P2582. La Vie sexuelle d'un Américain sans reproche
Jed Mercurio
P2583. Une histoire familiale de la peur, *Agata Tuszyńska*
P2584. Le Blues des Grands Lacs, *Joseph Coulson*
P2585. Le Tueur intime, *Claire Favan*
P2586. Comme personne, *Hugo Hamilton*
P2587. Fille noire, fille blanche, *Joyce Carol Oates*
P2588. Les Nouvelles Brèves de comptoir, tome 2
Jean-Marie Gourio
P2589. Dix petits démons chinois, *Frédéric Lenormand*
P2590. L'ombre de ce que nous avons été, *Luis Sepúlveda*
P2591. Sévère, *Régis Jauffret*
P2592. La Joyeuse Complainte de l'idiot, *Michel Layaz*
P2593. Origine, *Diana Abu-Jaber*
P2594. La Face B, *Akhenaton*
P2595. Paquebot, *Hervé Hamon*
P2596. L'Agfa Box, *Günter Grass*
P2597. La Ville insoumise, *Jon Fasman*
P2598. Je résiste aux personnalités toxiques (et autres casse-pieds), *Christophe André & Muzo*
P2599. Le soleil me trace la route. Conversations avec Tiffy Morgue et Jean-Yves Gaillac, *Sandrine Bonnaire*
P2600. Mort de Bunny Munro, *Nick Cave*
P2601. La Reine et moi, *Sue Townsend*
P2602. Orages ordinaires, *William Boyd*
P2603. Guide farfelu mais nécessaire de conversation anglaise
Jean-Loup Chiflet
P2604. Nuit et Jour, *Virginia Woolf*
P2605. Trois hommes dans un bateau (sans oublier le chien !)
Jerome K. Jerome
P2606. Ode au vent d'Ouest. Adonaïs et autres poèmes
Percy Bysshe Shelley
P2607. Les Courants fourbes du lac Tai, *Qiu Xiaolong*
P2608. Le Poisson mouillé, *Volker Kutscher*
P2609. Faux et usage de faux, *Elvin Post*

P2610. L'Angoisse de la première phrase, *Bernard Quiriny*
P2611. Absolument dé-bor-dée !, *Zoe Shepard*
P2612. Meurtre et Obsession, *Jonathan Kellerman*
P2613. Sahara, *Luis Leante*
P2614. La Passerelle, *Lorrie Moore*
P2615. Le Territoire des barbares, *Rosa Montero*
P2616. Petits Meurtres entre camarades. Enquête secrète au cœur du PS, *David Revault d'Allonnes*
P2617. Une année avec mon père, *Geneviève Brisac*
P2618. La Traversée des fleuves. Autobiographie *Georges-Arthur Goldschmidt*
P2619. L'Histoire très ordinaire de Rachel Dupree *Ann Weisgarber*
P2620. À la queue leu leu. Origines d'une ribambelle d'expressions populaires, *Gilles Guilleron*
P2621. Poèmes anglais, *Fernando Pessoa*
P2622. Danse avec le siècle, *Stéphane Hessel*
P2623. L'Épouvantail, *Michael Connelly*
P2624. London Boulevard, *Ken Bruen*
P2625. Pourquoi moi ?, *Omar Raddad*
P2626. Mes étoiles noires, *Lilian Thuram*
P2627. La Ronde des innocents, *Valentin Musso*
P2628. Ô ma mémoire. La poésie, ma nécessité, *Stéphane Hessel*
P2629. Une vie à brûler, *James Salter*
P2630. Léger, humain, pardonnable, *Martin Provost*
P2631. Lune captive dans un œil mort, *Pascal Garnier*
P2632. Hypothermie, *Arnaldur Indridason*
P2633. La Nuit de Tomahawk, *Michael Koryta*
P2634. Les Raisons du doute, *Gianrico Carofiglio*
P2635. Les Hommes-couleurs, *Cloé Korman*
P2636. Le Cuisinier, *Martin Suter*
P2637. N'exagérons rien !, *David Sedaris*
P2638. Château-l'Arnaque, *Peter Mayle*
P2639. Le Roman de Bergen. 1900 L'aube, tome I *Gunnar Staalesen*
P2640. Aurora, Kentucky, *Carolyn D. Wall*
P2641. Blanc sur noir, *Kriss Nelscott*
P2642. Via Vaticana, *Igal Shamir*
P2643. Le Ruban rouge, *Carmen Posadas*
P2644. My First Sony, *Benny Barbash*
P2645. « On m'a demandé de vous virer », *Stéphane Guillon*

P2646. Les Rillettes de Proust. Ou 50 conseils pour devenir écrivain, *Thierry Maugenest*
P2647. 200 expressions inventées en famille, *Cookie Allez*
P2648. Au plaisir des mots, *Claude Duneton*
P2649. La Lune et moi. Les meilleures chroniques, Haïkus d'aujourd'hui
P2650. Le marchand de sable va passer, *Andrew Pyper*
P2651. Lutte et aime, là où tu es !, *Guy Gilbert*
P2652. Le Sari rose, *Javier Moro*
P2653. Le Roman de Bergen. 1900 L'aube, tome II *Gunnar Staalesen*
P2654. Jaune de Naples, *Jean-Paul Desprat*
P2655. Mère Russie, *Robert Littell*
P2656. Qui a tué Arlozoroff ?, *Tobie Nathan*
P2657. Les Enfants de Las Vegas, *Charles Bock*
P2658. Le Prédateur, *C.J. Box*
P2659. Keller en cavale, *Lawrence Block*
P2660. Les Murmures des morts, *Simon Beckett*
P2661. Les Veuves d'Eastwick, *John Updike*
P2662. L'Incertain, *Virginie Ollagnier*
P2663. La Banque. Comment Goldman Sachs dirige le monde *Marc Roche*
P2664. La Plus Belle Histoire de la liberté, *collectif*
P2665. Le Cœur régulier, *Olivier Adam*
P2666. Le Jour du Roi, *Abdellah Taïa*
P2667. L'Été de la vie, *J.M. Coetzee*
P2668. Tâche de ne pas devenir folle, *Vanessa Schneider*
P2669. Le Cerveau de mon père, *Jonathan Franzen*
P2670. Le Chantier, *Mo Yan*
P2671. La Fille de son père, *Anne Berest*
P2672. Au pays des hommes, *Hisham Matar*
P2673. Le Livre de Dave, *Will Self*
P2674. Le Testament d'Olympe, *Chantal Thomas*
P2675. Antoine et Isabelle, *Vincent Borel*
P2676. Le Crépuscule des superhéros, *Deborah Eisenberg*
P2677. Le Mercredi des Cendres, *Percy Kemp*
P2678. Journal. 1955-1962, *Mouloud Feraoun*
P2679. Le Quai de Ouistreham, *Florence Aubenas*
P2680. Hiver, *Mons Kallentoft*
P2681. Habillé pour tuer, *Jonathan Kellerman*
P2682. Un festin de hyènes, *Michael Stanley*

P2683. Vice caché, *Thomas Pynchon*
P2684. Traverses, *Jean Rolin*
P2685. Le Baiser de la pieuvre, *Patrick Grainville*
P2686. Dans la nuit brune, *Agnès Desarthe*
P2687. Une soirée au Caire, *Robert Solé*
P2688. Les Oreilles du loup, *Antonio Ungar*
P2689. L'Homme de compagnie, *Jonathan Ames*
P2690. Le Dico de la contrepèterie.
Des milliers de contrepèteries pour s'entraîner et s'amuser
Joël Martin
P2691. L'Art du mot juste.
275 propositions pour enrichir son vocabulaire
Valérie Mandera
P2692. Guide de survie d'un juge en Chine, *Frédéric Lenormand*
P2693. Doublez votre mémoire. Journal graphique
Philippe Katerine
P2694. Comme un oiseau dans la tête.
Poèmes choisis, *René Guy Cadou*
P2696. La Dernière Frontière, *Philip Le Roy*
P2697. Country blues, *Claude Bathany*
P2698. Le Vrai Monde, *Natsuo Kirino*
P2699. L'Art et la manière d'aborder son chef de service pour lui demander une augmentation, *Georges Perec*
P2700. Dessins refusés par le *New Yorker*, *Matthew Diffee*
P2701. Life, *Keith Richards*
P2702. John Lennon, une vie, *Philip Norman*
P2703. Le Dernier Paradis de Manolo, *Alan Warner*
P2704. L'Or du Maniéma, *Jean Ziegler*
P2705. Le Cosmonaute, *Philippe Jaenada*
P2706. Donne-moi tes yeux, *Torsten Pettersson*
P2707. Premiers Romans, *Katherine Pancol*
P2708. Off. Ce que Nicolas Sarkozy n'aurait jamais dû nous dire
Nicolas Domenach, Maurice Szafran
P2709. Le Meurtrier de l'Avent, *Thomas Kastura*
P2710. Le Club, *Leonard Michaels*
P2711. Le Vérificateur, *Donald Antrim*
P2712. Mon patient Sigmund Freud, *Tobie Nathan*
P2713. Trois explications du monde, *Tom Keve*
P2714. Petite sœur, mon amour, *Joyce Carol Oates*
P2715. Shim Chong, fille vendue, *Hwang Sok Yong*
P2716. La Princesse effacée, *Alexandra de Broca*

P2717. Un nommé Peter Karras, *George P. Pelecanos*
P2718. Haine, *Anne Holt*
P2719. Les jours s'en vont comme des chevaux sauvages dans les collines, *Charles Bukowski*
P2720. Ma grand-mère avait les mêmes.
Les dessous affriolants des petites phrases
Philippe Delerm
P2721. Mots en toc et formules en tic. Petites maladies du parler d'aujourd'hui, *Frédéric Pommier*
P2722. Les 100 plus belles récitations de notre enfance
P2723. Chansons. L'Intégrale, *Charles Aznavour*
P2724. Vie et opinions de Maf le chien et de son amie Marilyn Monroe, *Andrew O'Hagan*
P2725. Sois près de moi, *Andrew O'Hagan*
P2726. Le Septième Fils, *Arni Thorarinsson*
P2727. La Bête de miséricorde, *Fredric Brown*
P2728. Le Cul des anges, *Benjamin Legrand*
P2729. Cent seize Chinois et quelque, *Thomas Heams-Ogus*
P2730. Conversations avec moi-même.
Lettres de prison, notes et carnets intimes
Nelson Mandela
P2731. L'Inspecteur Ali et la CIA, *Driss Chraïbi*
P2732. Ce délicieux Dexter, *Jeff Lindsay*
P2733. Cinq femmes et demie, *Francisco González Ledesma*
P2734. Ils sont devenus français, *Doan Bui, Isabelle Monnin*
P2735. D'une Allemagne à l'autre. Journal de l'année 1990
Günter Grass
P2736. Le Château, *Franz Kafka*
P2737. La Jeunesse mélancolique et très désabusée d'Adolf Hitler
Michel Folco
P2738. L'Enfant des livres, *François Foll*
P2739. Karitas, l'esquisse d'un rêve, *Kristín Marja Baldursdóttir*
P2740. Un espion d'hier et de demain, *Robert Littell*
P2741. L'Homme inquiet, *Henning Mankell*
P2742. La Petite Fille de ses rêves, *Donna Leon*
P2743. La Théorie du panda, *Pascal Garnier*
P2744. La Nuit sauvage, *Terri Jentz*
P2745. Les Lieux infidèles, *Tana French*
P2746. Vampires, *Thierry Jonquet*
P2747. Eva Moreno, *Håkan Nesser*
P2748. La 7e victime, *Alexandra Marinina*

P2749. Mauvais fils, *George P. Pelecanos*
P2750. L'espoir fait vivre, *Lee Child*
P2751. La Femme congelée, *Jon Michelet*
P2752. Mortelles voyelles, *Gilles Schlesser*
P2753. Brunetti passe à table. Recettes et récits
Roberta Pianaro et Donna Leon
P2754. Les Leçons du Mal, *Thomas Cook*
P2755. Joseph sous la pluie. Roman, poèmes, dessins
Mano Solo
P2757. Ouvrière, *Franck Magloire*
P2758. Moi aussi un jour, j'irai loin, *Dominique Fabre*
P2759. Cartographie des nuages, *David Mitchell*
P2760. Papa et maman sont morts, *Gilles Paris*
P2761. Caravansérail, *Charif Majdalani*
P2762. Les Confessions de Constanze Mozart
Isabelle Duquesnoy
P2763. Esther Mésopotamie, *Catherine Lépront*
P2764. L'École des absents, *Patrick Besson*
P2765. Le Livre des brèves amours éternelles
Andreï Makine
P2766. Un long silence, *Mikal Gilmore*
P2767. Les Jardins de Kensington, *Rodrigo Fresán*
P2768. Samba pour la France, *Delphine Coulin*
P2769. Danbé, *Aya Cissoko et Marie Desplechin*
P2770. Wiera Gran, l'accusée, *Agata Tuszyńska*
P2771. Qui a tué l'écologie ?, *Fabrice Nicolino*
P2772. Rosa Candida, *Audur Ava Olafsdóttir*
P2773. Otage, *Elie Wiesel*
P2774. Absurdistan, *Gary Shteyngart*
P2775. La Geste des Sanada, *Yasushi Inoué*
P2776. En censurant un roman d'amour iranien
Shahriar Mandanipour
P2777. Un café sur la Lune, *Jean-Marie Gourio*
P2778. Caïn, *José Saramago*
P2779. Le Triomphe du singe araignée, *Joyce Carol Oates*
P2780. Faut-il manger les animaux ?, *Jonathan Safran Foer*
P2781. Les Enfants du nouveau monde, *Assia Djebar*
P2782. L'Opium et le Bâton, *Mouloud Mammeri*
P2783. Cahiers de poèmes, *Emily Brontë*
P2784. La Rage au cœur. Anthologie de poésie algérienne
P2785. Tibère et Marjorie, *Régis Jauffret*